suhrkamp taschenbuch 99

Ödön von Horváth, geboren am 9. Dezember 1901 in Sušak (Fiume), gestorben am 1. Juni 1938 in Paris, wird heute sichtbar als der kritischste deutschsprachige Dramatiker neben Brecht. Horváth, der 1931 auf Vorschlag von Carl Zuckmayer den Kleistpreis erhielt, darf mit seiner »Demaskierung des Bewußtseins« und seiner »Dämonologie des Kleinbürgertums« als einer der wirksamsten Schriftsteller der siebziger Jahre angesehen werden. Romane: *Der ewige Spießer; Jugend ohne Gott; Ein Kind unserer* Zeit. Seine Prosa und Stücke (u. a. *Geschichten aus dem Wiener Wald; Kasimir und Karoline; Glaube Liebe Hoffnung; Die Unbekannte aus der Seine; Ein Dorf ohne Männer; Der jüngste Tag)* erschienen 1970 als Gesammelte Werke in vier Bänden im Suhrkamp Verlag.
1932 schrieb Alfred Polgar: »Mit besonderem Eifer ist Ödön Horváth darauf aus, zu schauen und schauen zu lassen, was die Götter gnädig bedecken mit dem Namen: Liebe. Kein Wunder also, daß den Zuschauern aus den Theaterstücken dieses glänzenden Desillusionisten das ziemlich Trostlose einer entzauberten, in ihrem schnöden Mechanismus bloßgelegten Welt kalt anweht. Zum Ersatz freilich auch die ganze Komik einer solchen. Nichts ist witziger als die Wahrheit.«
In seinem letzten, 1937 geschriebenen Roman *Ein Kind unserer Zeit* versetzt sich Ödön von Horváth in die Lage eines Soldaten, eines typischen Mediums seiner »großen Zeit« und läßt ihn arglos daherschwadronieren. Dieser makabre Monolog, der in dummdreister Einfalt das ganze Arsenal der Phrasen und unmenschlichen Parolen eines militanten Nationalismus rekapituliert und ad absurdum führt, ist eine der gekonntesten und erbarmungslosesten sozialkritischen Parodien der deutschen Literatur: »Überhaupt hat das Militär eine starke Ähnlichkeit mit dem Sport. Man möchte fast sagen: es ist der schönste Sport, denn hier geht's nicht nur um den Rekord. Hier geht's um mehr. Um das Vaterland ... Mit der Liebe kommt man in den Himmel, mit dem Haß werden wir weiterkommen – Denn wir brauchen keine himmlische Ewigkeit mehr, seit wir's wissen, daß der einzelne nichts zählt – er wird erst etwas in Reih und Glied.«

Ödön von Horváth

Ein Kind unserer Zeit

Roman

Suhrkamp

suhrkamp taschenbuch 99
Erste Auflage 1973
Der Text folgt dem dritten Band
»Ödön von Horváth, Gesammelte Werke«

Suhrkamp Taschenbuch Verlag

Druck: Ebner Ulm · Printed in Germany
Umschlag nach Entwürfen
von Willy Fleckhaus und Rolf Staudt

8 9 10 11 12 13 – 88 87 86 85 84 83

Ein Kind unserer Zeit

Der Vater aller Dinge

Ich bin Soldat.

Und ich bin gerne Soldat.

Wenn morgens der Reif auf den Wiesen liegt oder wenn abends die Nebel aus den Wäldern kommen, wenn das Korn wogt und die Sense blitzt, obs regnet, schneit, ob die Sonne lacht, Tag und Nacht – immer wieder freut es mich, in Reih und Glied zu stehen.

Jetzt hat mein Dasein plötzlich wieder Sinn! Ich war ja schon ganz verzweifelt, was ich mit meinem jungen Leben beginnen sollte. Die Welt war so aussichtslos geworden und die Zukunft so tot. Ich hatte sie schon begraben.

Aber jetzt hab ich sie wieder, meine Zukunft, und lasse sie nimmer los, auferstanden aus der Gruft!

Es ist noch kaum ein halbes Jahr her, da stand sie bei meiner Musterung neben dem Oberstabsarzt. »Tauglich!« sagte der Oberstabsarzt, und die Zukunft klopfte mir auf die Schulter. Ich spürs noch heut.

Und drei Monat später erschien ein Stern auf meinem leeren Kragen, ein silberner Stern. Denn ich hatte hintereinander ins Schwarze getroffen, der beste Schütz der Kompanie. Ich wurde Gefreiter und das will schon etwas heißen.

Besonders in meinem Alter.

Denn ich bin fast unser Jüngster.

Aber eigentlich sieht das nur so aus.

Denn eigentlich bin ich viel älter, besonders innerlich. Und daran ist nur eines schuld, nämlich die jahrelange Arbeitslosigkeit.

Als ich die Schule verließ, wurde ich arbeitslos.

Buchdrucker wollte ich werden, denn ich liebte die großen Maschinen, die die Zeitungen drucken, das Morgen-, Mittag- und Abendblatt.

Aber es war nichts zu machen.

Alles umsonst.
Nicht einmal zum Lehrling konnte ichs bringen in irgendeiner Vorstadtdruckerei. Von der inneren Stadt ganz zu schweigen!
Die großen Maschinen sagten: »Wir haben eh schon mehr Menschen, als wir brauchen. Lächerlich, schlag dir uns aus dem Kopf!«
Und ich verjagte sie aus meinem Kopf und auch aus meinem Herzen, denn jeder Mensch hat seinen Stolz. Auch ein arbeitsloser Hund.
Raus mit euch, ihr niederträchtigen Räder, Pressen, Kolben, Transmissionen! Raus!
Und ich wurde der Wohltätigkeit überwiesen, zuerst der staatlichen, dann der privaten –
Da stand ich in einer langen Schlange und wartete auf einen Teller Suppe. Vor einem Klostertor.
Auf dem Kirchendach standen sechs steinerne Figuren. Sechs Heilige. Fünf Männer und ein Weib.
Ich löffelte die Suppe.
Der Schnee fiel und die Heiligen hatten hohe weiße Hüte.
Ich hatte keinen Hut und wartete auf den Tau.
Die Sonne wurde länger und die Stürme wärmer – ich löffelte die Suppe.
Gestern sah ichs wieder, das erste Grün.
Die Bäume blühen und die Frauen werden durchsichtig.
Auch ich bin durchsichtig geworden.
Denn mein Rock ist hin und meiner Hose gings ebenso –
Man weicht mir fast schon aus.
Viele Ideen gehen durch meinen Kopf, kreuz und quer.
Mit jedem Löffel Suppe werden sie ekelhafter.
Plötzlich hör ich auf.
Ich stell das Blech auf den steinernen Boden, es ist noch halb voll und mein Magen knurrt, aber ich mag nicht mehr.
Ich mag nicht mehr!
Die sechs Heiligen auf dem Dache blicken in die blaue Luft.
Nein, ich mag sie nicht mehr, meine Suppe! Tag für Tag das-

selbe Wasser! Mir wirds schon übel, wenn ich sie nur seh, diese Bettelbrüh!
Schütt sie aus, deine Suppe!
Weg! In den Dreck damit! –
Die Heiligen auf dem Dache schauen mich vorwurfsvoll an.
Glotzt nicht dort droben, helft mir lieber da drunten!
Ich brauch einen neuen Rock, eine ganze Hose – eine andere Suppe!
Abwechslung, Herrschaften! Abwechslung!
Lieber stehlen als betteln!
Und so dachten auch viele andere von unserer Schlange, ältere und jüngere – es waren nicht die schlechtesten.
Ja, wir haben viel gestohlen, meist warens dringende Lebensmittel. Aber auch Tabak und Zigaretten, Bier und Wein.
Meist besuchten wir die Schrebergärten. Wenn der Winter nahte und die glücklichen Besitzer daheim in der warmen Küche saßen.
Zweimal wurde ich fast erwischt, einmal bei einer Badehütte.
Aber ich entkam unerkannt.
Über das Eis, im letzten Moment.
Wenn mich der Kriminaler erreicht hätt, dann wär ich jetzt vorbestraft. Aber das Eis war mir gut, er flog der Länge nach hin.
Und meine Papiere blieben lilienweiß.
Kein Schatten der Vergangenheit fällt auf meine Dokumente.
Ich bin doch auch ein anständiger Mensch, und es war ja nur die Hoffnungslosigkeit meiner Lage, daß ich so schwankte wie das Schilf im Winde – sechs trübe Jahre lang. Die Ebene wurde immer schiefer und das Herz immer trauriger. Ja, ich war schon sehr verbittert.
Aber heut bin ich wieder froh!
Denn heute weiß ichs, wo ich hingehör.
Heut kenn ich keine Angst mehr, ob ich morgen fressen werde.
Und wenn die Stiefel hin sind, werden sie geflickt, und wenn

der Anzug hin ist, krieg ich einen neuen, und wenn der Winter kommt, werden wir Mäntel bekommen. Große warme Mäntel. Ich hab sie schon gesehen.
Das Eis braucht mir nicht mehr gut zu sein!
Jetzt ist alles fest.
Endlich in Ordnung.
Adieu, ihr täglichen Sorgen!
Jetzt ist immer einer neben dir.
Rechts und links, Tag und Nacht.
»Angetreten!« tönt das Kommando.
Wir treten an, in Reih und Glied.
Mitten auf dem Kasernenhof.
Und die Kaserne ist so groß wie eine ganze Stadt, man kann sie auf einmal gar nicht sehen. Wir sind Infanterie mit leichten und schweren Maschinengewehren und nur zum Teil erst motorisiert. Ich bin noch unmotorisiert.
Der Hauptmann schreitet unsere Front ab, wir folgen ihm mit den Blicken, und wenn er beim dritten vorbei ist, schauen wir wieder vor uns hin. Stramm und starr. So haben wirs gelernt.
Ordnung muß sein!
Wir lieben die Disziplin.
Sie ist für uns ein Paradies nach all der Unsicherheit unserer arbeitslosen Jugend –
Wir lieben auch den Hauptmann.
Er ist ein feiner Mann, gerecht und streng, ein idealer Vater.
Langsam schreitet er uns ab, jeden Tag, und schaut nach, ob alles stimmt. Nicht nur, ob die Knöpfe geputzt sind – nein, er schaut durch die Ausrüstung hindurch in unsere Seelen. Das fühlen wir alle.
Er lächelt selten, und lachen hat ihn noch keiner gesehen. Manchmal tut er uns fast leid, aber man kann ihm nichts vormachen. Wie er möchten wir gerne sein. Wir alle.
Da ist unser Oberleutnant ein ganz anderes Kaliber. Er ist zwar auch gerecht, aber oft wird er schon furchtbar jähzornig und brüllt einen an wegen der geringsten Kleinigkeit oder wegen nichts und wieder nichts. Aber wir sind ihm nicht bös,

er ist halt nervös, weil er vollständig überarbeitet ist. Er möcht nämlich in den Generalstab hinein und da lernt er Tag und Nacht. Immer steht er mit einem Buch in der Hand und liest sein Zeug.

Neben ihm ist unser Leutnant nur ein junger Hund. Er ist kaum älter als wir, also auch so zirka zweiundzwanzig. Er möcht zwar oft auch gern brüllen, aber er traut sich nicht recht. Trotzdem haben wir ihn gern, denn er ist ein fabelhafter Sportsmann, unser bester Sprinter. Er läuft einen prächtigen Stil.

Überhaupt hat das Militär eine starke Ähnlichkeit mit dem Sport.

Man möcht fast sagen: es ist der schönste Sport, denn hier gehts nicht nur um den Rekord. Hier gehts um mehr. Um das Vaterland.

Es war eine Zeit, da liebte ich mein Vaterland nicht. Es wurde von vaterlandslosen Gesellen regiert und von finsteren überstaatlichen Mächten beherrscht. Es ist nicht ihr Verdienst, daß ich noch lebe.

Es ist nicht ihr Verdienst, daß ich jetzt marschieren darf.

Es ist nicht ihr Verdienst, daß ich heut wieder ein Vaterland hab.

Ein starkes und mächtiges Reich, ein leuchtendes Vorbild für die ganze Welt!

Und es soll auch einst die Welt beherrschen, die ganze Welt!

Ich liebe mein Vaterland, seit es seine Ehre wieder hat! Denn nun hab auch ich sie wieder, meine Ehre!

Ich muß nicht mehr betteln, ich brauch nicht mehr zu stehlen. Heute ist alles anders.

Und es wird noch ganz anders werden!

Den nächsten Krieg gewinnen wir. Garantiert!

Alle unsere Führer schwärmen zwar immer vom Frieden, aber ich und meine Kameraden, wir zwinkern uns nur zu. Unsere Führer sind schlau und klug, sie werden die anderen schon hineinlegen, denn sie beherrschen die Kunst der Lüge wie keine zweiten.

Ohne Lüge gibts kein Leben.
Wir bereiten uns immer nur vor.
Jeden Tag treten wir an, und dann gehts zum Tor hinaus, im gleichen Schritt und Tritt.
Wir marschieren durch die Stadt.
Die Zivilisten sehen uns glücklich an, nur einige Ausnahmen würdigen uns keines Blickes, als wären sie böse auf uns. Das sind aber immer nur alte Männer, die eh nichts mehr zählen. Aber es ärgert uns doch, wenn sie wegschauen oder plötzlich sinnlos vor einer Auslage halten, nur um uns nicht sehen zu müssen. Bis sie uns dann doch erblicken, bis sie es nämlich merken, daß wir uns im Glas der Auslage spiegeln. Dann ärgern sie sich immer wieder gelb und grün.
Jawohl, ihr Herrschaften, ihr Ewig-Gestrigen, Ausrangierten, mit eurem faden pazifistischen Gesäusel, ihr werdet uns nicht entrinnen! Betrachtet nur die Delikatessen, die Spielwaren, Bücher und Büstenhalter – ihr werdet uns überall sehen!
Wir marschieren auch durch die Auslagen!
Es ist uns bekannt, wir gefallen euch nicht.
Ich kenne euch schon – durch und durch!
Mein Vater ist auch so ein ähnlicher.
Auch er schaut weg, wenn er mich marschieren sieht.
Er kann uns Soldaten nicht ausstehen, weil er die Rüstungsindustrie haßt. Als wärs das Hauptproblem der Welt, ob ein Rüstungsindustrieller verdienen darf oder nicht!
Soll er verdienen, wenn er nur treu liefert!
Prima Kanonen, Munition und den ganzen Behelf –
Das ist für uns Heutige kein Problem mehr.
Denn wir haben erkannt, daß das Höchste im Leben der Menschen das Vaterland ist. Es gibt nichts, was darübersteht an Wichtigkeit. Alles andere ist Unsinn. Oder im besten Fall nur so nebenbei.
Wenn es dem Vaterland gut geht, geht es jedem seiner Kinder gut. Gehts ihm schlecht, geht es zwar nicht allen seinen Kindern schlecht, aber auf die paar Ausnahmen kommts auch nicht an im Angesicht des lebendigen Volkskörpers.

Und gut gehts dem Vaterland nur, wenn es gefürchtet wird, wenn es nämlich eine scharfe Waffe sein eigen nennt –
Und diese Waffe sind wir.
Auch ich gehör dazu.
Aber es gibt eben noch immer verrannte Leute, die sehen diese selbstverständlichen Zusammenhänge nicht, sie wollen sie auch nicht sehen, denn sie sind noch immer in ihren plumpen Ideologien befangen, die im neunzehnten Jahrhundert wurzeln. Auch mein Vater ist solch einer von dieser Garde.
Es ist ein traurige Garde. Eine geschlagene Armee.
Mein Vater ist ein verlogener Mensch.
Er war drei Jahre in Kriegsgefangenschaft, ab 1917. Erst Ende 1919 ist er wieder heimgekehrt. Ich selbst bin 1917 geboren, bin also ein sogenanntes Kriegskind, aber ich kann mich natürlich an diesen ganzen Weltkrieg nicht mehr erinnern. Und auch nicht an die Zeit hinterher, an die sogenannten Nachkriegsjahre. Nur manchmal so ganz verschwommen.
Meine richtige Erinnerung setzt erst ein zirka 1923.
Mein Vater ist von Beruf Kellner, ein Trinkgeldkuli. Er behauptet, daß er durch den Weltkrieg sozial gesunken wäre, weil er vor 1914 nur in lauter vornehmen Etablissements arbeitete, während er jetzt draußen in der Vorstadt in einem sehr mittelmäßigen Betrieb steckt. Er hinkt nämlich etwas seit seiner Gefangenschaft, und ein hinkender Kellner, das kann halt in einem Luxuslokal nicht sein.
Aber trotz seiner Privattragödie hat er kein Recht, auf den Krieg zu schimpfen, denn Krieg ist ein Naturgesetz.
Überhaupt ist mein Vater ein Nörgler. Als ich noch bei ihm in seinem Zimmer wohnte, krachten wir uns jeden Tag. Immer schimpft er über die Leut, die das Geld haben, und derweil sehnt er sich nach ihnen – wie gern würde er sich wieder vor ihnen verbeugen, denn er denkt ja nur an sein Trinkgeld!
Ja, er ist ein durch und durch verlogener Mensch, und ich mag ihn nicht.
Wenn er nicht zufällig mein Vater wär, würde ich mich fragen: wer ist denn dieser widerliche Patron?

Einmal sagte ich zu ihm: »Hab nur keine Angst vor dem kommenden Krieg, du kommst eh nimmer dran mit deinem Alter!« Er blieb vorerst ganz ruhig und sah mich an, als würde er sich an etwas erinnern wollen. »Ja«, fuhr ich fort, »du zählst nicht mehr mit.« Er blieb noch immer ruhig, aber plötzlich traf mich ein furchtbar gehässiger Blick, wie aus einem Hinterhalt. Und dann begann er zu schreien. »So geh nur in deinen Krieg!« brüllte er. »Geh und lern ihn kennen! Einen schönen Gruß an den Krieg! Fall, wenn du magst! Fall!«

Das war vor drei Jahren.

Ich hör ihn noch brüllen und sehe mich im Treppenhaus. Auf einmal hielt ich an und ging zurück. Ich hatte meinen Bleistift vergessen, ich wollte nämlich zu den Redaktionen, wo die Zeitungen mit den kleinen Anzeigen im Schaukasten hängen, um dort vielleicht eine Arbeit zu finden, irgendeine – ja, damals glaubte ich trotz allem noch an Märchen.

Als ich das Zimmer wieder betrat, stand mein Vater am Fenster und sah hinaus. Es war sein freier Tag in der Woche.

Er wandte sich mir nur kurz zu –

»Ich hab meinen Bleistift vergessen«, sagte ich.

Er nickte und sah wieder hinaus.

Was war das für ein Blick? Hat er geweint?

Ich ging wieder fort.

Weine nur, dachte ich, du hast auch allen Grund dazu, denn eigentlich trägt deine Generation die Hauptschuld daran, daß es mir jetzt so dreckig geht – (damals war ich ja noch arbeitslos und hatte keine Zukunft).

Die Generation unserer Väter hat blöden Idealen von Völkerrecht und ewigem Frieden nachgehangen und hat es nicht begriffen, daß sogar in der niederen Tierwelt einer den anderen frißt. Es gibt kein Recht ohne Gewalt. Man soll nicht denken, sondern handeln!

Der Krieg ist der Vater aller Dinge.

Ich hab mit meinem Vater nichts mehr zu tun.

Ich kann es nicht ausstehen, das ewige Geweine!

Immer wieder hören müssen: »Vor dem Krieg, das war eine schöne Zeit!« – da werd ich ganz wild.
Mir hätt sie nicht gefallen, deine schöne Zeit!
Ich kann sie mir genau vorstellen nach den alten Photographien.
Du hattest eine Dreizimmerwohnung, warst noch nicht verheiratet und führtest, wie es seinerzeit hieß, ein flottes Junggesellenleben.
Mit Weibern und Kartenspiel.
Alle Welt hatte Geld.
Es war eine verfaulte Zeit.
Ich hasse sie.
Jeder konnte arbeiten, verdienen, niemand mußte hungern, keiner hatte Sorgen –
Eine widerliche Zeit!
Ich hasse das bequeme Leben!
Vorwärts, immer nur vorwärts!
Marsch, marsch!
Wir stürmen vor – nichts hält uns zurück!
Kein Acker, kein Zaun, kein Strauch –
Wir treten es nieder!
Marsch, marsch!
So stürmen wir vor und gehen auf einer Höhe in Deckung, um die Straße, die unten vorbeizieht, zu beherrschen.
Vorerst sinds nur noch Manöver.
Aber bald wirds ernst, die Zeichen werden immer sichtbarer.
Und der Krieg, der morgen kommen wird, wird ganz anders werden als dieser sogenannte Weltkrieg! Viel größer, gewaltiger, brutaler – ein Vernichtungskrieg, so oder so!
Ich oder du!
Wir schauen der Wirklichkeit ins Auge.
Wir weichen ihr nicht aus, wir machen uns nichts vor –
Jetzt schießen Haubitzen.
In der weiten flimmernden Ferne. Man hört sie kaum.
Sie schießen vorerst noch blind.
Unten auf der Straße erscheinen zwei radfahrende Mädchen.

Sie sehen uns nicht.
Sie halten plötzlich und sehen sich um.
Dann geht die eine hinter einen Busch und hockt sich hin.
Wir grinsen und der Leutnant hinter mir lacht ein bißchen.
Der Feldwebel schaut mit dem Feldstecher hin.
Jetzt surrt es am Himmel. Ein Flieger. Er fliegt über uns hinweg.
Das Mädchen läßt sich nicht stören, sondern blickt nur empor.
Er fliegt sehr hoch, der Flieger, und kann sie nicht sehen.
Das weiß sie.
An uns denkt sie nicht.
Und derweil werdens doch immer wir Infanteristen sein, die die Kriege entscheiden – und nimmer die Flieger! Obwohl man von ihnen so viel spricht und von uns so wenig. Obwohl sie die eleganteren Uniformen haben – werden sehen, ob sie das taugen, was sie sich einbilden! Die denken, sie legen ein Land von droben einfach in Trümmer und wir Infanteristen hätten dann einfach die Trümmer nur zu besetzen – ohne jede Gefahr! Eine bessere Polizei. Abwarten!
Werden sehen, ob wir überflüssig sind! Oder gar zweiten Ranges!
Nein, ich mag die Flieger nicht!
Ein hochnäsiges Pack.
Und die Weiber sind auch so blöd, sie wollen nur einen Flieger.
Das ist ihr höchstes Ideal!
Auch die zwei da drunten auf der Straße – jetzt winken sie ihm begeistert zu.
Alle Kühe wollen mit einem Flieger tanzen!
Winkt nicht, ihr Tiere – er schaut auch auf euch herab, weil ihr nicht fliegen könnt!
Jawohl, wir schlucken den Staub der Straßen und marschieren durch den Dreck! Aber wir werden dafür sorgen, daß der Dreck himmelhoch staubt!
Nur keine Angst!

»Um Gotteswillen!« kreischt der Leutnant.
Was ist denn los?!
Er starrt auf den Himmel –
Dort, der Flieger!
Er stürzt ab!
»Der linke Flügel ist futsch«, sagt der Feldwebel durch den Feldstecher.
Er stürzt, er stürzt –
Mit einer Rauchwolke hinter sich her –
Immer rascher.
Wir starren hin.
Und es fällt mir ein: Komisch, hast du nicht grad gedacht: stürzt ab –?
»Mit denen ists vorbei«, meint der Leutnant.
Wir waren alle aufgesprungen.
»Deckung!« schreit uns der Feldwebel an.
»Deckung!« – – –
Drei Särge liegen auf drei Lafetten, drei Fliegersärge. Pilot, Beobachter, Funker. Wir präsentieren das Gewehr, die Trommel rollt, und die Musik spielt das Lied vom guten Kameraden.
Dann kommt das Kommando: »Zum Gebet!«
Wir senken die Köpfe, aber wir beten nicht.
Ich weiß, daß bei uns keiner mehr betet.
Wir tun nur so.
Reine Formalität.
»Liebe deine Feinde« – das sagt uns nichts mehr. Wir sagen: »Hasse deine Feinde!«
Mit der Liebe kommt man in den Himmel, mit dem Haß werden wir weiterkommen – –
Denn wir brauchen keine himmlische Ewigkeit mehr, seit wirs wissen, daß der einzelne nichts zählt – er wird erst etwas in Reih und Glied.
Für uns gibts nur eine Ewigkeit: das Leben unseres Volkes.
Und nur eine himmlische Pflicht: für das Leben unseres Volkes zu sterben.

Alles andere ist überlebt.
Wir treten an.
Ausgerichtet, Mann für Mann.
Ich bin der neunte von rechts, von den Größten her. Der Größte ist einsachtundachtzig, der Kleinste einssechsundfünfzig, ich einsvierundsiebzig. Gerade richtig, nicht zu groß und nicht zu klein.
So äußerlich gesehen, gefall ich mir ja.

Das verwunschene Schloß

Heute ist Sonntag.
Da haben wir frei. Von vierzehn bis zweiundzwanzig Uhr.
Nur die Bereitschaft bleibt zurück.
Gestern bekam ich meinen zweiten Stern und heute werde ich zum erstenmal mit zwei Sternen am Kragen ausgehen.
Der Frühling ist nah, man hört ihn schon in der Luft.
Wir sind zu dritt, zwei Kameraden und ich. Wir haben weiße Handschuhe an und reden über die Weiber.
Ich rede am wenigsten, ich denk mir lieber meinen Teil.
Die Weiber sind ein notwendiges Übel, das ist bekannt. Man braucht sie zur Sicherstellung einer möglichst großen Zahl kinderreicher, erbgesunder, für das Vaterland rassisch wertvoller Familien. Aber ansonsten stiften sie nur Wirrwarr.
Ich könnt darüber manches Lied zum besten geben!
Besonders die älteren Jahrgänge und vor allem die ganz Gescheiten. Die laufen dir nach, weil du sportlich ausgebildet bist, und wenn du ihnen zu Gefallen warst, dann werden sie arrogant. Sagen: dummer Junge, grün, naß hinter den Ohren und dergleichen. Oder sie kommen mit dem Seelenleben daher, und dann werdens ganz unappetitlich.
Eine nicht mehr ganz junge Frau hat keine Seele zu haben, sie soll froh sein, wenn man sie anschaut. Sie hat kein Recht, einem hinterher mit Gefühlen, wie zum Beispiel Eifersucht oder sogenannter Mütterlichkeit, zu kommen.

Die Seele ist im besten Falle ein Vorrecht der jungen Mädchen.
Die dürfen sich eine solche Romantik fallweise noch leisten, vorausgesetzt, daß sie hübsch sind. Aber auch die romantischen Hübschen wollen, schon im zartesten Jungmädchenalter, nur einen Kerl mit Geld.
Das ist das ganze Problem.
Ich bewege mich lieber in männlicher Gesellschaft.
Mein Kamerad sagt grad, daß sich dereinst vor dreihundert Jahren ein großer Philosoph gefragt hätt, ob die Weiber überhaupt Menschen sind?
Man könnts schon bezweifeln, das glaub ich gern.
Bei dem weiblichen Geschlechte weißt du nie, woran du bist.
Da findest du keine Treu und keinen Glauben, immer kommens zu spät, ein Nest voller Lügen und so weiter.
Und obendrein sollst du noch auf ihr Inneres eingehen –
Denn das verlangen sie.
Aber das ist keine Betätigung für einen richtigen Mann.
Jaja, die Herren Weiber sind ein Kapitel für sich!
Sie bringen dich auf die Welt und bringen dich auch wieder um. –
Die Straßen der inneren Stadt sind leer, denn hier gibts nur Geschäfte und hohe Bürohäuser und die haben heute zu. Die Arbeiter der Stirn und der Faust, sie feiern daheim, essen, schlafen, rauchen – heut werdens kaum Ausflüge machen, denn es regnet immer wieder.
Zwar nur ein bißchen, aber es ist halt unsicher. Still ists in der inneren Stadt, direkt friedlich, als wäre alles ausgestorben.
Wir hören uns gehen, jeden Schritt. Es klappert auf dem Asphalt.
Und ich bemerk es wieder, daß wir uns spiegeln.
In den vornehmen Auslagen.
Jetzt gehen wir durch ein Korsett.
Jetzt durch einen Hummer und einen Schinken so zart –
Jetzt durch seidene Strümpfe.

Jetzt durch Bücher und dann durch Perlen, Schminken, Puderquasten. –
Zerreißt sie, zertrampelt sie!
Es ist fad in der inneren Stadt, und wir gehen zum Hafen hinab. Dort ist nämlich ewig Betrieb.
Du kannst es zwar nicht erblicken, das weite Meer, denn dieses beginnt erst weiter draußen, aber herinnen liegen bereits die fremden Schiffe mit den schwarzen und gelben Matrosen.
Wir gehen die breite Allee zum Hafen hinab.
Sie wird immer breiter und lauter.
Rechts und links beginnen die Sehenswürdigkeiten – große und kleine Affen, dressiert und undressiert. Schießbuden und Spielautomaten, ein Tanzpalast und die dickste Dame der Welt. Ein Schaf mit fünf Füßen, ein Kalb mit zwei Köpfen – Karussell neben Karussell, Schaukel neben Schaukel und eine bescheidene Achterbahn, direkt bemitleidenswert. Wahrsagerinnen, Feuerfresser, Messerschlucker, saure Gurken und viel Eis. Tierische und menschliche Abnormitäten. Kunst und Sport. Und dort hinten am Ende das verwunschene Schloß.
An den ersten Schießbuden gehen wir noch vorbei, aber bei der vierten oder fünften können wir es nicht mehr lassen, es zwingt uns zu schießen. In dieses Schwarze zu treffen ist für uns ein Kinderspiel, und das Fräulein, das unsere Gewehre ladet, lächelt respektvoll.
Wenn Soldaten schießen, schauen immer viele zu. So auch jetzt. Besonders zwei Fräulein sind dabei, sie lachen bei jedem Schuß, als gelte er ihnen. Dadurch erregen sie unsere Aufmerksamkeit. Mir gefallen sie nicht, aber meine Kameraden fangen mit ihnen an. Ich will ihnen prinzipiell nicht im Wege stehen, so als überflüssiges Rad am Wagen, und überlasse sie ihrem Schicksal.
Sie gehen tanzen, ich bleib allein zurück.
Ich schau ihnen nach.
Nein, diese beiden Fräulein könnten mich nicht interessieren –

Die eine hat krumme Beine, die andere hat überhaupt keine Beine und wo der Hintern sitzen soll, sitzt nichts. Und die erste hat vorn einen schwarzen Zahn und einen schmutzigen Büstenhalter. Nein, mich stören diese Kleinigkeiten der Liebe, ich bin nämlich sehr anspruchsvoll.
Ich betrete das Hippodrom.
Dort reiten zwei andere Fräulein und ein Kind.
Die Musik spielt, die Peitsche knallt, die alten Pferde laufen im Kreis.
Das Kind hat Angst, die Fräulein sind sehr bei der Sache.
Das Kind verliert seine Matrosenmütze und plärrt, die beiden Fräulein lächeln.
Ihre Röcke sind hoch droben und man kann es sehen, daß sie dort nackt sind, wo der Strumpf aufhört. Die könnten mir schon gefallen, besonders die Größere!
Aber ein reitendes Fräulein täuscht.
Denn ein Fräulein hoch zu Roß kann gar leicht gefallen, das ist keine Kunst. Aber wenn sie hernach herunten ist, dann merkt mans erst, was in Wirklichkeit los ist – ich kenn das schon, diese Enttäuschungen!
Jetzt steigen sie aus dem Sattel, und die Größere gefällt mir noch immer.
Aber sie haben schon einen Kavalier.
Ein kleines Männchen, eine elende Ratte.
Die beiden hängen sich in die Ratte und lächeln: »Wir wollen noch reiten – bitte, bitte!« »So oft ihr wollt«, sagt die Ratte.
Ich blicke nach der Preistafel.
Einmal reiten kostet fünfzig.
Und so oft ihr wollt?
Viel zu teuer für mich.
Aber so treibens halt die feschen Weiber!
Lieber eine alte Ratte, die nach Geld stinkt, als ein junger durchtrainierter Mann, der außer seiner selbst nur zwei silberne Sterne am Kragen besitzt.
Da nützen auch die weißen Handschuhe einen großen Dreck.

Ich verlasse das Hippodrom und wandle langsam die Buden entlang, ohne ein direktes Ziel.
Rechts gibts den Mann mit dem Löwenkopf und links die Dame mit dem Bart.
Ich bin etwas traurig geworden.
Die Luft ist lau – ja, das ist der Frühling, und nachts konzertieren die Katzen. Wir hören sie auch in der Kaserne.
Der Abend kommt, und am Horizont geht der Tag mit einem lila Gruß. Hinter mir ist es schon Nacht.
Und wie ich so weiterwandle, treffe ich einen unangenehmen Gedanken: es fällt mir auf, daß diese Ratte im Hippodrom mein Volksgenosse ist. Und ich sehe mich im Kasernenhof stehen und schwören, für das Vaterland zu sterben, jederzeit für unser Volk.
Also auch für diese elende Ratte?
Nein, hör auf! Nur nicht denken! Durch das Denken kommt man auf ungesunde Gedanken.
Unsere Führer werdens schon richtig treffen!
Und da kommt ein zweiter Gedanke, ich kenne ihn schon.
Er begleitet mich ein Stück und läßt mich nicht los.
»Eigentlich«, sagt er, »liebst du ja niemand« –
Ja, das ist wahr.
Ich mag keine Seele leiden –
Auch mich nicht.
Eigentlich hasse ich alle.
Nur unseren Hauptmann nicht. –
Und weiter wandle ich die Buden entlang dem Ende zu und erreiche das verwunschene Schloß mit seinen Giebeln und Türmen und Basteien. Die Fenster sind vergittert, und die Drachen und Teufel schauen heraus.
Aus dem Lautsprecher tönt ein leiser Walzer. Es ist eine alte Musik. Sie wird immer übertönt, diese Musik, durch Gelächter und Gekreisch. Das sollen die Leute von sich geben, die drinnen sind. Man solls nämlich draußen hören, daß es ihnen drinnen gefällt.
Aber ich kenne das schon.

Alles Schwindel!
Es ist eine Grammophonplatte, diese ganze laute Freude – nur um das Publikum anzulocken. Es ist nichts dahinter, und ich fall nicht drauf rein, auf solche Narrenpaläste, in denen man das Gruseln lernen soll. Das ist mir zu blöd.
Ich will schon wieder zurück, da blicke ich nach dem Eingang, ohne mir dabei etwas zu denken, gewissermaßen automatisch.
Und ich halte an.
Oder wars mir nur so, und ich bin weiter?
Möglich. Aber nach zwei Schritten halte ich tatsächlich und schaue noch immer hin.
Es ist jetzt ganz finster geworden, und ich steh in der Nacht.
An der Kasse des verwunschenen Schlosses sitzt eine junge Frau.
Sie rührt sich nicht.
Es kommt kein Mensch.
Und einen Augenblick lang ist mir alles so fern, die ganze Welt, und ich denke, das Herz bleibt stehen. Es rührt sich kein Blatt, nur aus dem verwunschenen Schlosse tönt leise die alte Musik.
Sie hat große Augen, die junge Frau, aber es waren nicht ihre Augen, nicht der Mund und nicht die Haare – ich glaube, es war eine Linie –
Doch was red ich da?! Lauter Unsinn!
Ich weiß ja nur, daß ich stehenblieb, als wär plötzlich eine Wand vor mir –
Unsinn, Blödsinn, geh weiter!
Ich gehe weiter und stolpere.
Über was?
Über nichts. Es ist ja nichts da.
Aber nun lächelt die Frau, weil ich gestolpert bin. Sie hat es gesehen. Sie lächelt noch immer.
Ich betrachte sie genau.
Da schaut sie nicht mehr her. Sie nimmt einen Bleistift und schreibt vor sich hin – oder tut sie nur so, damit sie mich nicht sieht?

Warum will sie mich denn nicht sehen?
Wahrscheinlich weil ich ihr nicht gefall –
Sie wird schon einen haben, irgendeinen Budenkönig.
Einen Seiltänzer, Messerschlucker, dummen August –
Geh weiter!
Ich geh, aber ich komme nicht weit. Nur über die Straße. Dort steht ein Eismann, und ich kaufe mir ein Eis. Ich kanns noch genau sehen, das verwunschene Schloß und die schreibende Frau.
Es kommt noch immer kein Mensch.
Ich schlecke mein Eis.
Es schmeckt nach nichts.
Es ist so kalt, daß ich lange Zähne bekomm wie ein altes Pferd.
Es tut schon direkt weh –
Warum kaufte ich es mir denn nur, dieses gefärbte Zeug? Ich mag ja gar kein Eis!
Und während mir die Zähne immer länger werden, gesteh ichs mir ein, daß ich es mir nur deshalb kaufte, um die Frau dort drüben länger betrachten zu können. Komisch, ich weiß es noch immer nicht, ob sie mir gefallen könnt – ich weiß ja noch gar nicht, wie sie aussieht, wenn sie aufsteht. Vorerst kenn ich nur das von ihr, was über die Kasse herausschaut.
Vielleicht ist sie nur eine sogenannte Sitzschönheit –
Und wenn sie aufsteht, ist sie vielleicht kleiner, als wenn sie sitzt, oder gleich dreimal so groß –
Vielleicht ist sie ganz unproportioniert.
Na, gute Nacht!
Jetzt schaut sie mich wieder an.
Diesmal etwas länger.
Und sie lächelt wieder – warum?
Weil ich da so grimmig mein Eis schleck? –
Endlich hab ichs drunten, das miserable Zeug.
Da hör ich den Eismann hinter mir: »Noch eine Portion?«
»Ja«, sage ich, und schon hatte ich wieder eine in der Hand.
Was ist denn mit mir?! Bin ich denn total verblödet?! Was

freß ich da die zweite Portion, wenns mir von der ersten schon übel ist?!
Ich mach mich ja noch ganz lächerlich mit meinem Eis, wie ein Schulbub steh ich da, und derweil hab ich doch zwei silberne Stern –
Und schon wollte ich das Eis wütend auf die Erde hauen, da tauchte aus der Finsternis ein Rittmeister auf. Gottlob bemerkte ich ihn noch im allerletzten Moment und salutierte. Der Rittmeister dankte und ging vorbei.
Jetzt lacht sie – natürlich!
Weil ich die Ehrenbezeugung mit dem Eis in der Hand leistete, und so was ist selbstredend lächerlich.
Ich bin ja auch blöd, und sie lacht, doch das Gelächter aus dem Lautsprecher übertönt sie. Ich höre sie nicht.
Aber jetzt wirds mir allmählich zu bunt!
Jetzt ists mir egal! Jetzt wird reiner Tisch gemacht!
Und zwar sogleich, auf der Stell!
Ich hau das Eis auf die Erde, daß es nur so klatscht, und geh hinüber. Schnurgerade. Zum verwunschenen Schloß.
Richtung: die Kasse. Direkt auf sie zu. Werden sehen, ob sie noch lacht, wenn ich komm!
Sie sieht mich kommen und lacht nicht mehr.
Aha!
Sie sieht mich nur groß an, wie ich so näherkomm – groß und ernst.
Hast du Angst vor mir?
Paß nur auf, jetzt komme ich!
Ich hab schon die letzten drei Stufen, und nun stehe ich vor der Kasse. Sie blickt hinab, ich seh nur ihr Haar. Es ist weich und zart.
Auf dem Pult liegt ein Blatt Papier. Sie hat zuvor nichts geschrieben, sondern nur so herumgekritzelt. Allerhand Linien –
Und ich sage: »Eine Eintrittskarte« – es klang fast streng, und es tat mir leid.
»Bitte«, sagt sie.

Zittert ihre Hand? Oder zittere ich?
Sie wechselt mein Geld.
Ich hatte noch niemand so schön wechseln gesehen.
Die Linie, die Linie – muß ich wieder denken.
Und dann betrete ich das verwunschene Schloß.
Zuerst wirds ganz finster, man muß sich vorwärtstappen – rechts und links. Und während ich so tappe, muß ich an ihre Stimme denken, wie sie vorhin »Bitte« gesagt hat.
Mir ists, als hätte ich diese Stimme schon gehört, irgendwo, irgendwann – vor einer halben Ewigkeit. Und plötzlich fällts mir auf, daß ich es nicht weiß, was meine Mutter für eine Stimme hatte.
Überhaupt kann ich mich an meine Mutter nicht mehr erinnern.
Sie starb ja gleich nach dem Weltkrieg, an der Grippe, noch wie ich ganz klein war –
Oft, wenn ich allein auf Posten stehe, gehts mir durch den Sinn wie eine alte Wolke, besonders in der Nacht. Was gewesen ist, greift nach mir.
Dann seh ich mich zwischen Tisch und Bett.
Ich bin drei Jahr, nicht älter –
Das Fenster ist hoch, ich kann nur hinausschauen, wenn mich wer hebt. Und wenn ich hinausschau, dann seh ich noch nichts.
Oder hab ichs inzwischen vergessen?
Heut weiß ich nur, es zog zum Fenster herein – Doch im Ofen brannte kein Feuer.
Nach einem Krieg gibts oft keine Kohlen.
»Es ist kalt«, das ist meine erste Erinnerung.
Mein erstes Gefühl, das mir blieb.
Komisch, daß es mir noch niemals eingefallen ist, daß ichs nicht weiß, was meine Mutter für eine Stimme gehabt hat – bumm!
Jetzt wär ich aber fast gestürzt!
Da ist ja eine Versenkung, aber nur an der linken Seite, so daß man mit dem linken Bein tiefer gehen muß als mit dem rechten. Zu blöd!

Endlich hab ich das linke Bein wieder auf gleicher Höh, da fall ich mit dem rechten hinab. Also das ist wirklich zu blöd!
Ein feines Vergüngen!
Jetzt sitzt sie draußen an ihrer Kasse und lacht, daß ich drin bin. Trotzdem hat sie einen schönen Mund – wenn mich nicht alles täuscht.
Wie sieht sie eigentlich aus?
Komisch, ich hab sie doch lange genug betrachtet und weiß es noch immer nicht genau –
Warum hab ichs also gefressen, das Eis?
Ich bin ein Tepp.
Doch halt! Sie hatte ja den Kopf fast immer gesenkt, weil sie ihre Linien gekritzelt hat, um mich nicht sehen zu müssen –
Jaja, diese Linien!
Die sind schuld daran, daß ich jetzt da herumstolpern muß – über laufende Teppiche, wackelnde Brücken, an Särgen vorbei, in denen enthauptete Wachsfiguren liegen, umgeben von Gespenstern, Gehenkten, Geräderten – aber mich schreckt nichts. Da tät ich mir aufrichtig leid.
Ich biege um eine Ecke und begegne einem Skelett. Ich betrachte es aus der Nähe.
Es dürfte ein Originalskelett sein, und so sehen wir aus, wenns vorbei ist mit unserem Zauber.
Und mit den Linien –
Ich reiche dem Knochen die Hand.
Hinter der nächsten Tür steh ich wieder im Freien. Neben der Kasse.
Aber meine Linie sitzt nicht mehr dort.
Sondern eine alte Hex.
Ich starre sie verdutzt an, und sie kommt auf meine Gedanken.
»Meine Tochter ist fort«, sagt sie fast spöttisch.
»Wohin?« frage ich mechanisch.
»Ins Kino.«
Ich salutiere leicht und gehe auch fort.
Kehrt euch!

An den Buden vorbei bis in die innere Stadt – rasch oder langsam, ich weiß es nicht mehr.
Plötzlich gibts mir einen Stich.
Ich halte.
»Warum hast du die Alte nicht gefragt, in welches Kino ihre Tochter gegangen ist? Du hast doch noch Zeit, Idiot!«
Ich eile zurück.
Aber das verwunschene Schloß ist bereits zu, und es ist niemand mehr vorhanden. Ja, heute ists schon zu spät –
Doch wartet nur, ich komme wieder!
Am nächsten Sonntag!
Dann komm ich gleich her, sofort um vierzehn Uhr –
Dann gibts nichts zu lachen!
Auf Wiedersehen, ihr Linien – –
Ich muß immer lächeln, was ist mir denn nur?
Der Mond scheint, die Luft ist lau, und die Katzen konzertieren.
Und als ich über den Kasernenhof gehe, seh ichs vor mir, das verwunschene Schloß mit seinen Giebeln und Türmen und Basteien. Die Fenster sind vergittert, und die Drachen und Teufel, sie schauen heraus.

Der Hauptmann

Einst, wenn die Zeit, in der wir leben, vorbei sein wird, wird es die Welt erst ermessen können, wie gewaltig sie gewesen ist.
Unerwartet werfen oft die größten Ereignisse ihre Schatten auf uns, aber sie treffen uns nicht unvorbereitet.
Es gibt keinen Schatten der Welt, mit dem wir nicht immer rechnen würden. Wir fürchten uns nicht!
In der Nacht zum Freitag gabs plötzlich Alarm. Wir fuhren aus dem Schlaf empor und traten an mit Sack und Pack. Ausgerichtet, Mann für Mann. Es war drei Uhr früh.
Langsam schritt uns der Hauptmann ab –

Langsamer als sonst.
Er sah noch einmal nach, ob alles stimmt – denn nun gibts keine Manöver mehr.
Rascher, als wir träumten, kam der Ernst.
Die Nacht ist noch tief und die große Minute naht –
Bald gehts los.
Es gibt ein Land, das werden wir uns holen.
Ein kleiner Staat, und sein Name wird bald der Geschichte angehören.
Ein lebensunfähiges Gebilde.
Beherrscht von einer kläglichen Regierung, die immer nur den sogenannten Rechtsstandpunkt vertritt –
Ein lächerlicher Standpunkt.
Jetzt steht er vor mir, der Hauptmann, und als er mich anschaut, muß ich unwillkürlich denken: wenn ich ihren Namen wüßte, würd ich ihr schreiben, direkt ins verwunschene Schloß.
»Wertes Fräulein«, würde ich schreiben, »ich wär am nächsten Sonntag gern gekommen, aber leider bin ich pflichtlich verhindert. Gestern war Donnerstag und heut ist schon Freitag, ich muß überraschend weg in einer dringenden Angelegenheit, von der aber niemand was wissen darf, denn darauf steht der Tod. Wann ich wiederkommen werd, das weiß ich noch nicht. Aber Sie werden immer meine Linie bleiben –«
Ich muß leise lächeln, und der Hauptmann stutzt einen Augenblick.
»Was gibts?« fragt er.
»Melde gehorsamst, nichts.«
Jetzt steht er schon vor meinem Nebenmann.
Ob der auch eine Linie hat? geht es mir plötzlich durch den Sinn –
Egal! Vorwärts!
Das Vaterland ruft und nimmt auf das Privatleben seiner Kinder mit Recht keine Rücksicht. Es geht los. Endlich! –
Einst, wenn die Zeit, in der wir leben, vorbei sein wird, wird es die Welt erst ermessen können, wie friedlich wir gewesen sind.

Wir zwinkern uns zu.
Denn wir lieben den Frieden, genau wie wir unser Vaterland lieben, nämlich über alles in der Welt. Und wir führen keine Kriege mehr, wir säubern ja nur.
Wir zwinkern uns zu.
Es gibt ein Land, das werden wir uns holen.
Ein kleines Land, und wir sind zehnmal so groß – drum immer nur frisch voran!
Wer wagt, gewinnt – besonders mit einer erdrückenden Übermacht.
Und besonders, wenn er überraschend zuschlägt. Nur gleich auf den Kopf – ohne jede Kriegserklärung!
Nur keine verstaubten Formalitäten!
Wir säubern, wir säubern – –
Heimlich, als wären wir Diebe, hatten wir die lächerliche Grenze dieses unmöglichen Staatswesens überschritten. Die paar Zöllner waren rasch entwaffnet – morgen sinds drei Wochen her, aber die Hauptstadt ist schon unser. Heut sind wir die Herren!
Im Tal brennen die Dörfer.
Sie stehen in Flammen, umgeben von einer wilden Bergwelt.
Bravo, Flieger!
Obwohl ich euch persönlich nicht riechen kann, muß mans doch der Gerechtigkeit halber anerkennen: Ihr habt ganze Arbeit geleistet!
Nichts ist euch entgangen, auch wenn sichs noch so sehr den Bodenverhältnissen angepaßt hat.
Alles habt ihr erledigt – bravo, Flieger! Bravo!
Schießt das Zeug zusammen, in Schutt und Asche damit, bis es nichts mehr gibt, nur uns!
Denn wir sind wir.
Vorwärts! Frohen Mutes folgen wir eueren Spuren – –
Wir marschieren über ein hohes Plateau.
Um uns gähnen Abgründe und drunten rauschen die Wasser.

Es ist ein milder Abend mit weißen Wölklein an einem rosa Horizont.
Vor zwei Stunden nahmen wir fünf Zivilisten fest, die wir mit langen Messern angetroffen haben. Wir werden sie hängen, die Kugel ist zu schad für solch hinterlistiges Gelichter. Aber der Berg ist kahl und ganz aus Fels, nirgends ein Busch. Wir führen sie mit uns, unsere Gefangenen, und warten auf den nächsten Baum.
Sie sind aneinandergefesselt, alle fünf an einen Strick. Der Älteste ist zirka sechzig, der Jüngste dürfte so siebzehn sein.
Ihre Sprache ist häßlich, wir verstehen kein Wort.
Ihre Häuser sind niedrig, eng und schmutzig. Sie waschen sich nie und stinken aus dem Mund. Aber ihre Berge sind voll Erz und die Erde ist fett. Ansonsten ist jedoch alles Essig.
Selbst ihre Hunde taugen einen Dreck. Räudig und verlaust streunen sie durch die Ruinen.
Keiner kann die Pfote geben.
Um uns gähnen Abgründe und drunten rauschen die Wasser.
Zwei Krähen fliegen vorbei.
Wir ziehen über das hohe Plateau.
Die Krähen kommen wieder –
Es war ein milder Abend, und jetzt kommt die Nacht.
Einst, wenn die Zeitungen über unseren Kampf wirklichkeitsgetreu berichten dürfen, dann werden sich auch die Dichter des Vaterlandes besinnen.
Der Genius unseres Volkes wird sie überkommen, und sie werden den Nagel auf den Kopf treffen, wenn sie loben und preisen, daß wir bescheidene Helden waren.
Denn auch von uns biß ja so mancher ins grüne Gras.
Aber nicht mal die nächsten Angehörigen erfuhren es, um stolz auf ihr Opfer sein zu können.
Geheim waren die Verlustlisten und blieben es lange Zeit.
Nur unerlaubt sickerte es durch, das Blut –
In der fünften Woche unseres Vormarsches fiel unser Hauptmann auf dem Felde der Ehre. Er fiel unter eigentlich eigenartigen Umständen.

Überhaupt ist der Hauptmann ein anderer Mensch geworden, seit wir die Grenze überschritten. Er war wie ausgewechselt. Verwandelt ganz und gar.
Wir fragten uns bereits, ob er nicht krank ist, ob ihn nicht ein Leiden bedrückt, das er heimlich verschleiert. Immer grauer wurde sein Gesicht, als schmerzte ihn jeder Schritt.
Und am 5. Juni kam das Ende.
Ohne Arg näherten wir uns einer Ruine, aus der plötzlich eine Salve über uns dahinkrachte.
Wir werfen uns nieder und suchen Deckung.
Nein, das war keine Salve – das war ein Maschinengewehr.
Wir kennen die Musik.
Es steckt vor uns in einer Scheune.
Ringsum ist alles verbrannt, das ganze Dorf –
Wir warten.
Da wird drüben eine Gestalt sichtbar, sie geht durch das verkohlte Haus und scheint etwas zu suchen.
Einer nimmt sie aufs Korn und drückt ab – die Gestalt schreit auf und fällt.
Es ist eine Frau.
Jetzt liegt sie da.
Ihr Haar ist weich und zart, geht es mir plötzlich durch den Sinn, und einen winzigen Augenblick lang muß ich an das verwunschene Schloß denken.
Es fiel mir wieder ein.
Und nun geschah etwas derart Unerwartetes, daß es uns allen die Sprache verschlug vor Verwunderung.
Der Hauptmann hatte sich erhoben und ging langsam auf die Frau zu –
Ganz aufrecht und so sonderbar sicher.
Oder geht er der Scheune entgegen?
Er geht, er geht –
Sie werden ihn ja erschießen – er geht ja in seinen sicheren Tod!
Ist er wahnsinnig geworden?!
In der Scheune steckt ein Maschinengewehr.

Was will er denn?!
Er geht weiter.
Wir schreien plötzlich alle: »Herr Hauptmann! Herr Hauptmann!«
Es klingt, als hätten wir Angst –
Jawohl, wir fürchten uns und schreien –
Doch er geht ruhig weiter.
Er hört uns nicht.
Da spring ich auf und laufe ihm nach – ich weiß es selber nicht, wieso ich dazu kam, daß ich die Deckung verließ –
Aber ich will ihn zurückreißen, ich muß ihn zurückreißen!
Da gehts los – das Maschinengewehr.
Ich sehe, wie der Hauptmann wankt, sinkt – ganz ergeben –
Und ich fühle einen brennenden Schmerz am Arm – oder wars das Herz?
Ich werfe mich zu Boden und benutze den Hauptmann als Deckung.
Er ist tot.
Da seh ich in seiner Hand was Weißes –
Es ist ein Brief.
Ich nehm ihn aus seiner Hand und hör es noch schießen –
aber nun schützt mich mein Hauptmann.
»An meine Frau«, steht auf dem Brief.
Ich stecke ihn ein, und dann weiß ich nichts mehr.

Der Bettler

Es war nicht das Herz, es war nur der Arm, aber leider der Knochen.
Er wurde zersplittert.
Man holte die Kugel heraus und allmählich wuchsen die Splitter wieder zusammen. Lange Wochen lag ich im Lazarett, zuerst noch im Feindesland, dann wurd ich in die Heimat transportiert. Denn der Schuß war doch komplizierter, als man ursprünglich annahm, und ich hatte hohes Fieber.

Hoffentlich werd ich nur meinen Arm wieder richtig bewegen können, denn sonst müßt man ja das Militär verlassen, und was würd ich dann beginnen?
Ich habe ja nichts. Keinen Groschen.
Der Dank des Vaterlandes wär mir zwar gewiß, dessen bin ich überzeugt, aber die Invalidenrenten sind minimal – davon wird keiner satt.
Und wo bleiben die Kleider, die Schuhe?
Vergangene Zeiten, an die ich längst nimmer dachte, tauchen wieder auf –
Der Schnee beginnt zu treiben.
Ich dachte, ich hätt euch vergessen, ihr Tage meiner aussichtslosen Jugend –
Doch die Suppe, die ich löffelte, dampft, und die Heiligen auf dem Kirchendach schauen mich wieder an.
Laßt mich in Ruh!
Aber sie weichen nicht.
Sie ziehen an mir vorbei, stumm und schadenfroh, unter einem harten Himmel. Da kommen die kleinen Anzeigen in den großen Zeitungen, die verlassenen Badehütten, der Kriminaler und das dünne Eis –
Ich friere.
Es schneit auf das Grab meiner Zukunft –
»Er fiebert noch immer«, höre ich die Stimme einer Frau. Das ist die dicke Schwester, die mich pflegt. Ich seh sie gern, weil sie meist ein bißchen lächelt, als wär sie der zufriedenste Mensch.
Ich schlage die Augen auf und erblicke neben der Dicken einen Offizier.
Er betrachtet mich. Ich kenne ihn nicht.
Es ist ein Oberleutnant und er spricht mich an. Ich höre, daß ich für die tollkühne Tapferkeit, mit der ich meinen Hauptmann retten wollte, belobt und befördert wurde. Und er gibt mir einen Stern, meinen dritten silbernen Stern.
Er erkundigt sich, ob ich arge Schmerzen hätte, aber er wartet meine Antwort nicht ab, sondern fährt gleich fort, er wäre

überzeugt, daß mein Arm wieder richtig werden und daß mir eine glänzende Zukunft bevorstehen würde. Vielleicht winke mir sogar ein goldener Stern –
Und plötzlich tritt er ganz dicht an mich heran und spricht sehr leise, damit ihn die Schwester nicht hört. Ich solle es nur nie vergessen, sagt er, daß ich nicht als regulärer Soldat, sondern nur als ein sogenannter Freiwilliger mitgekämpft hätte. Im Feindesland tobe nämlich nach offizieller Lesart kein Krieg, sondern eine abscheuliche Revolution, und es stünden unsererseits keinerlei militärische Einheiten drüben, sondern, wie gesagt, nur freiwillige Kämpfer auf Seite aller Aufbauwilligen gegen organisiertes Untermenschentum.
»Ich weiß es schon, Herr Oberleutnant«, sage ich.
»Ich wollt Sie nur erinnern«, meint er und zieht sich wieder etwas zurück von mir.
»Herr Oberleutnant!« rufe ich. »Wie stehts denn eigentlich mit uns?«
Er grinst.
»Ausgezeichnet! Eigentlich habt ihr braven Freiwilligen bereits gesiegt, es wird nur noch gesäubert.«
Aha, gesäubert –
Auch ich muß grinsen.
Der Offizier geht, und die Schwester richtet meinen Polster. Dann bringt sie Milch und Brot.
Draußen singt ein Vogel.
Schau, schau, wir haben also schon gesiegt. Jaja, schlau muß man sein, wenn man seinem Vaterlande nützlich dienen will. Schlau und nicht nur tapfer. Jetzt wird dann irgendeine Scheinregierung eingesetzt, bestochene Kreaturen, und das Land, das wir holen wollten, fällt uns in den Schoß – geschickt gemacht!
Ich freue mich.
Wenn nur mein Arm wieder richtig wird! Was würd ich nicht darum geben – ich glaub: alles!
Du hast doch nichts, geht es mir wieder durch den Sinn. Was kannst du also für deinen Arm geben?

Zehn Jahre meines Lebens.
Lächerlich! Was weißt du denn, wie lange du lebst? Lauter leere Versprechungen!
Und ich denke, wenn ich noch daran glauben würde, was man mir in der Schule erzählt hat, dann würde ich jetzt sagen: ich verzicht auf meine himmlische Seligkeit und laß mich gern in der Hölle braten.
Aber leider gibts keine Engel und auch keine Teufel –
Halt! durchzuckt es mich. Was denkst du da?
»Keine Teufel?«
Ich muß lächeln.
Denn nun seh ichs wieder vor mir, das verwunschene Schloß. Die Fenster sind vergittert, und die Drachen und Teufel, sie schauen heraus –
Ich muß immer lächeln.
Wenn ich auf sein werd – ja, dann geh ich mal wieder hin. Es kann nicht weit sein, denn dieses Krankenhaus liegt auch in der Nähe des Hafens, wo die fremden Schiffe liegen mit den gelben und schwarzen Matrosen. Vielleicht, wenn ich aus dem Fenster schauen könnt, daß ichs sogar erblicken würd, mein verwunschenes Schloß.
Aber das Fenster ist hoch, und ich kann nur hinausschauen, wenn mich wer hebt, als wär ich wieder ganz klein.
Jaja, du sitzt noch immer auf dem Boden und bist drei Jahr, nicht älter.
»Es ist kalt«, das bleibt deine erste Erinnerung –
Wenn ich nur meinen Arm wieder hätt! Oh, wenn ich ihn nur wieder hätt! Man merkts erst, was man besessen, wenn mans verloren hat!
Hoffentlich find ich ihn wieder, meinen Arm.
Ich will ihn überall suchen, ich will die Splitter alle zusammenklauben und kunstvoll zusammensetzen, als wärs ein Kinderspiel –
»Er fiebert noch immer«, höre ich die Stimme meiner Schwester.
Ich möcht sie sehen –

Neben ihr steht der Arzt.
Er betrachtet mich nur und sagt: »Hm.«
Dann geht er wieder weiter –
In meinem Saal liegen noch siebzehn andere.
Lauter verwundete Freiwillige.
Ausgerichtet, Mann für Mann.
Manche dürfen schon aufstehen und spielen Karten. Oder Schach.
Einige sind bereits fast wieder ganz gesund.
Nur einem fehlt ein Bein. Der wird nimmer.
Zwei sind schon gestorben.
Der erste vor zehn Tagen, der zweite heut nacht.
Ich wachte plötzlich auf und sah, daß auf seinem Nachtkästchen Kerzen brennen. In der Mitte stand ein Kruzifix.
Es war sehr still.
Schlafen denn alle?
Siehts denn keiner, nur ich?
Nein, alle hatten die Augen offen, aber sie rührten sich nicht.
Es wurde immer stiller.
Die Schwester stand vor dem Nachtkästchen und betete.
Und plötzlich mußt ich denken: jetzt steht dieser Freiwillige vor seinem höchsten Richter.
So hab ichs einst gelernt.
Und die Schwester betet für ihn. Sie bittet für seine unsterbliche Seele –
Was hat er denn angestellt?
Die dicke Schwester sagt zum Richter: »Bitte, sei ihm gnädig« –
Was hat er denn verbrochen?
Warum soll er denn gnädig sein, dein höchster Richter? Dieser brave Mann fiel doch für sein Vaterland, was will man denn noch von ihm?! Er gab sein Leben, das genügt!
Denn was einer ansonsten privat sündigt, das wird alles ausradiert, wenn er für das ewige Leben seines Volkskörpers stirbt – merk dir das, Schwester!

Du betest noch immer?
He, bet lieber für mich, damit mein Arm wieder richtig wird, das wär gescheiter! Wart nur, du Dicke, ich werds dir schon noch auseinandersetzen bei passender Gelegenheit! –
Und die Gelegenheit kam. Nach wenigen Tagen. Die Dicke brachte Milch und Brot.
Der Arm ist nicht besser geworden.
»Schwester«, sage ich, »betens doch auch mal für mich, damit ich gesund werd.«
Sie horcht auf und sieht mich scharf an, aber nur einen Augenblick lang. Sagte ichs nicht fromm genug? Es war ja auch nicht ernst gemeint, denn ich wollte sie nur in Verlegenheit bringen – warum?
Aus Bosheit.
Ich glaube nicht daran, daß einem die Beterei was nützt, aber ich befleißige mich, ernst dreinzuschauen.
»Ich bete immer für alle meine Kranken«, sagt sie und jetzt lächelt sie wieder wie immer: »Auch Sie laß ich nicht aus.«
»Und glauben Sie, daß ich gesund werde?«
»Das weiß man nicht.«
Ach so, denke ich und werde immer boshafter.
»Durch das Gebet kann man Gott nur bitten«, redet die Schwester weiter, »aber ob er einen erhört, dafür kann niemand gutstehen, weil man ja als einfacher Sterblicher die Zusammenhänge nicht kennt.«
»Was für Zusammenhänge?«
»Gott weiß alles, hört alles und läßt keinen einzigen aus den Augen, Tag und Nacht, denn er hat mit jedem etwas vor.«
»Mit jedem einzelnen?«
Sie sieht mich groß an.
»Natürlich«, sagt sie, »und die Hauptsache ist, daß man seine Gebote befolgt. Sie haben sie vergessen – nicht?«
Seine Gebote?
Ich starre sie an. Sie fragt mich so mild, als würd sie es gar nicht wundern. Da steht sie dick und sicher vor mir und ihre Zufriedenheit wird mir unangenehm.

Sie verwirrt mich.
»Natürlich kenne ich seine Gebote«, sage ich und muß leicht grinsen, »zum Beispiel: liebe deine Feinde –«
»Ja«, fällt sie mir ins Wort und wird plötzlich sehr ernst, fast streng. »Liebe deine Feinde, aber hasse den Irrtum.«
Den Irrtum?
Ich horche auf.
Jetzt lächelt sie wieder, als hätt sie nichts gesagt.
Sie nickt mir nur zu – freundlich, sehr freundlich – –
Der Arzt kommt.
Er tritt an mein Bett.
Und ich frage ihn: »Herr Doktor, wie stehts mit meinem Arm?«
Er schneidet ein saures Gesicht und gibt keine Antwort.
Dann geht er wieder weiter –
Ich sehe ihm nach und bekomme plötzlich Angst, schreckliche Angst.
Die Schwester steht noch neben mir.
Sie beobachtet mich.
Ich möchte weinen, aber ich beiß nur die Zähne zusammen.
Ich schließ die Augen, und es flimmert vor mir.
Alles ist durcheinander –
Ich werd immer schwächer.
Es flimmert, es flimmert!
Mir scheint, mein Arm wird immer –
Das Durcheinander kreist um mein Bett, und aus dem Kreise tritt ein Hügel.
Ein sanfter Hügel.
Auf dem Hügel steht ein Engel.
Er wartet auf mich und hält meinen Arm in der linken Hand.
In der rechten trägt er ein Schwert.
Die Blumen blühen, aber es ist bitterkalt.
Und ich muß denken, ich werde Gott fragen, warum es so kalt ist.
Denn man kann ja auch mit Gott reden, fällt es mir ein.

Ich erinner mich immer deutlicher, daß man ihm etwas versprechen soll, damit er einem hilft –
Richtig, damit er einem hilft!
Man muß ihm etwas geben, irgend etwas, und wärs das Kleinste, er ist für alles dankbar –
Als wär er ein Bettler.
Schenk ihm etwas –
Schenk dem ersten Bettler, der dir begegnet, wenn du wieder ausgehen darfst – schenk ihm einen Taler!
Nein, nicht einen – drei, vier, fünf!
Jawohl, fünf Taler!
Für fünf Taler kann man sich schon allerhand kaufen, wenn man sich nach der vorhandenen Decke streckt –
Fünf Taler ist viel für mich.
Ich will sie dem lieben Gott geben, damit mir der Engel meinen Arm zurückgibt.
Es flimmert, es flimmert – – –
Die Tage vergehen und nehmen die Nächte mit sich.
Wenn der Arzt kommt, schneidet er keine Grimassen mehr.
Der Arm wird besser.
Heut kann ich ihn schon bewegen, natürlich nur sacht –
Aber er wird besser! Besser, besser!
Wenn er mir nicht so weh tun würd, wollt ich mit ihm die ganze Welt umarmen, so rosig scheint wieder meine Zukunft!
Bald werd ich das Bett verlassen, wenn alles ohne Rückfall vergeht.
Es geht, es geht –
Die Schwester bringt meine Uniform.
Heut darf ich zum erstenmal an die Luft, wenn auch nur für eine halbe Stund.
Ich liebe meine Uniform.
Wo warst du so lang?
»Ich hing in einem Schrank«, sagt die Uniform, »neben einer alten Hose und einem hellen Paletot – lauter Zivilisten, brr!«

Ich zieh mich an.
»Das ist aber allerhand«, wundert sich die Uniform, »wie dünn du geworden bist! Ich schlotter ja direkt um dich herum! Fesch seh ich nicht aus, das muß man dir lassen!«
»Tröste dich«, beruhige ich sie, »ich hab dir auch etwas mitgebracht.«
Und ich zeig ihr meinen dritten silbernen Stern.
Da strahlte sie natürlich und es war ihr egal, ob sie schlottert.
Die Schwester nähte ihn an, den Stern –
Ich betrachte ihn im Spiegel.
In der Tasche steckt was Weißes –
Was ist das für ein Brief?
»An meine Frau«, steht da droben.
Ach, der Brief des Hauptmanns!
»Wir hätten ihn schon expediert«, höre ich die Schwester, »aber wir wußtens nicht, wem wir den Brief schicken sollten, Sie sind ja unverheiratet« –
Ach so, die Dicke meint, diesen Brief hätte ich geschrieben –
Nein, nein, ich bin allein.
Meine Mutter ist tot, und mit meinem Vater hab ich nichts mehr zu tun. Der hinkt jetzt sicher in seiner Wirtschaft herum, und das soll er auch.
Ich stecke den Brief ein und geh an die Luft.
Ich habe niemand.
Warum sagt ichs nur nicht, daß der Brief der Witwe meines Hauptmanns gehört?
Wahrscheinlich, weil ich ihn ihr persönlich überbringen will.
Das schickt sich nämlich so.
Ich weiß, wo sie ungefähr wohnt.
Wenn ich länger ausbleiben darf, werde ich sie besuchen, denn sie wohnt außerhalb, und vielleicht muß ich dort übernachten.
Hoffentlich ist es ihr schon bekannt, daß ihr Gatte fürs Vaterland fiel –

Und plötzlich fällts mir wieder ein: warum ging denn ihr Gatte seinerzeit auf jene Scheune los? Wollt er denn das Maschinengewehr allein erobern? Er mußt es doch wissen, daß er in den sicheren Tod geht, es war doch völlig ohne Sinn – was hat er denn nur bezwecken wollen?
Was bildete er sich eigentlich ein?
Ich biege um die Ecke.
Da hockt ein Bettler –
Der erste Bettler, durchzuckt es mich.
Ich greife in die Tasche, um ihm die versprochenen fünf Taler zu geben.
Der Bettler nimmt von mir scheinbar keine Notiz.
Ist er blind?
Oder trägt er nur eine blaue Brille, weil er mich betrügen möcht?
Fünf Taler sind viel Geld.
Vielleicht sieht er mich genau –
Vielleicht hat der Bettler mehr als ich.
Gib ihm deine Taler –
Nein, ich geb sie dir nicht und geh an dir vorbei.
Ich bin ja gestreckt worden, mein Herr, massiert, gefoltert, und diese Prozeduren gaben mir meinen Arm wieder zurück – verstanden?
Es war die Kunst der Ärzte, und mein Gelübde war eine Ausgeburt der Schwäche. Ich fieberte doch in einer Tour und war schon total verzweifelt, als ich dir fünf Taler versprach –
Ja, ich war nicht bei mir.
Aber jetzt bin ich wieder der alte!

Im Hause des Gehenkten

Gott weiß alles, sagte die Schwester. Er läßt keinen aus den Augen, Tag und Nacht –
Wenn das wahr ist, möcht ich nicht der liebe Gott sein. Immer

nur jeden einzelnen beobachten, wo der einzelne längst keine Rolle mehr spielt – ein undankbarer Beruf.
Überhaupt wird der liebe Gott immer überflüssiger.
Wahrscheinlich gibts ihn überhaupt nicht mehr, denn er läßt sich ja alles gefallen und tut nichts dagegen. Oder scheint es nur so?
Mit einem Wort: man kennt sich nicht aus, und wer kann es wissen, was noch alles kommt? Ich nicht.
Wer hätt sichs zum Beispiel zu ahnen getraut, daß ich einst in diesem Leben mit der Witwe meines Hauptmanns in nähere Beziehungen treten werde?
In sogenannte nähere Beziehungen – und wenn auch nur für eine Nacht.
Wer hätte diese Nacht geahnt?
Sie war mir selbst so unvorstellbar, daß ich hinterher anfing, darüber nachzudenken, was es auf unserer Welt für einfache Gesetze gibt. Gesetze, die keinen Witz verstehen, so daß man sich manchmal schon fürchten könnt.
Vielleicht gibts doch ein höheres Wesen.
Wenn mir einer vorher gesagt hätt, du wirst mit der Witwe deines Hauptmanns schlafen, hätt ich gesagt: Du Phantast!
Ich weiß es ja auch gar nicht, ob ich es eigentlich wollte.
Ich wußte nur, sie hatte lange Beine.
Sie muß größer sein, als der Hauptmann war.
Jaja, manchmal bin ich imstand und liebe die Beine der Frauen, denn sie hören für mich nicht auf. Und sie können über alles gehen, über alles hinweg, so leicht, als wär alles nur nichts.
Ich habe einmal ein Buch gelesen über die Sprache der Beine.
Es war ein Magazin, und ich trugs eine Weile mit mir herum.
Der Stabsfeldwebel fand es und nahms mit nach Haus. Seine Gattin verbrannte es im Herd.
»Eine Schweinerei«, sagte sie.
Aber das war keine Schweinerei, sondern es waren stramme Weiber drin abphotographiert, die wenig anhatten oder fast nichts.

Das Titelbild bestand aus einem Brustbild: die Dame mit dem Hermelin.
Und an dieses Brustbild mußte ich denken, als ich die Witwe meines Hauptmannes zum erstenmal sah.
Sie trug einen Morgenrock, obwohls schon Nachmittag war.
Sie wohnt im ersten Stock einer kleinen Villa. Unter ihr wohnt ein pensionierter Prokurist, und über ihr ist schon das Dach.
Die Villa steht weit draußen am letzten Rand der Stadt.
Es ist ein neuer Vorort.
Vor fünf Jahren war da noch nichts zu sehen – kein Licht, kein Pflaster, keine Kanalisation, nur Gras. Aber wo einst das Vieh weidete, stehen heut schmucke Einfamilienhäuschen, denn die Welt dreht sich, und das Leben läßt sich nicht lumpen. Wir entwickeln uns immer höher hinaus.
Als ich den Vorortszug verließ, fühlte ich plötzlich, daß es schon Herbst geworden war. Drinnen in der Stadt konnte man sich noch täuschen, aber hier draußen schien die Sonne so traurig, als hätte sie verweinte Augen. Ringsum sammelten sich die Nebel, und lautlos fielen die gelben Blätter.
Ein alter Mann kehrte sie langsam zusammen.
Was geschieht mit den gelben Blättern?
Herr Hauptmann, wo bist du jetzt?
Ich darf gar nicht an dich denken, sonst fallen die Blätter noch stiller.
Als ich deine Witwe zum erstenmal sah, war es kurz nach sechs Uhr. Mein Zug ist zwar schon um 17 Uhr 9 auf die Minute pünktlich eingelaufen, aber ich ging nicht gleich zu ihr hin, sondern trank noch im Bahnhofsbüfett ein Glas Bier. Denn offen gestanden war es mir peinlich, sie zu sehen. Vielleicht wußte sie es ja noch gar nicht, daß es dich nicht mehr gibt, und dann hätt ich es ihr mitteilen müssen, sie hätt mich entsetzt angestarrt und ich hätt Trostworte finden müssen – nein, das kann ich nicht, das liegt mir nicht, ich mag keine heulenden Weiber!
Aber meine Angst war umsonst. Als ich nämlich zu stottern

begann, unterbrach sie mich sogleich, und ich hörte, daß sie es bereits seit Monaten weiß, daß es dich nicht mehr gibt. Ein Oberstleutnant hätt es ihr schonend übermittelt, daß du als Freiwilliger gefallen wärst – sie lächelte bei dem Worte »Freiwilliger« etwas bitter, aber ich bemerkte es dennoch, daß ihr Hauptschmerz bereits überwunden war.

Ich trank also mein Bier umsonst.

Es war ein elendes Bier.

Ja, damals hätt ichs noch nicht gedacht, daß ich mit ihr schlafen werde, und zwar in selbiger Nacht. Wenn mir das damals einer prophezeit hätt, dem hätt ich mein Bier ins Gesicht geschüttet.

Nicht nur, weil ich es für treulos gefunden hätte, mit der Frau meines Hauptmanns etwas anzufangen – doch halt! Eigentlich hab ich ihn doch gar nicht betrogen, denn er weilt ja nicht mehr unter uns Lebenden. Und außerdem ist das Fleisch schwach, das ist ein alter Schnee.

Als ich das dumme Bier trank, betrachtete ich immer wieder seinen Brief mit der Aufschrift: »An meine Frau« –

Komisch, daß die Schwester dachte, ich hätt eine Frau.

Das wär ein Witz, wenn ich verheiratet wär.

Ich glaub, ich taug nicht recht dazu.

Es geht mir in diesem Punkt genau wie dir, mein Hauptmann.

Auch du warst unglücklich in der Ehe – still, wir habens alle gewußt! Drum wohntest du auch bei uns in der Kaserne und deine Gattin hier draußen in der entgegengesetzten Richtung. Du sahst sie nur sonn- und feiertags. Ihr verstandet euch nicht, das war bekannt. Wir hätten es uns auch gar nicht vorstellen können, wie du mit einem Weibe auskommst, so sehr gehörtest du zu uns.

Die Kaserne war auch deine alleinige Heimat, glaub es mir.

Wenn du unsere Front abschrittest, dann wußten wirs alle, daß wir deine Kinder sind.

Was war daneben die Liebe eines Weibes?

Ein schwacher Schimmer.

Und trotzdem: wenn man längere Zeit kein Weib sein eigen nannte, dann kommen einem nachts die Träume, in denen man es nimmer weiß, ob man ein Herr ist oder ein Fräulein –

Wie gesagt, es war kurz nach sechs Uhr.

Wir saßen im Salon, sie und ich.

Ihr Morgenrock hatte einen tiefen Ausschnitt, und auf dem Tischchen lagen Zigaretten.

Sie nahm sich eine davon und rauchte; und gab mir auch eine davon, und ich rauchte auch.

Sie trug schwarze seidene Strümpfe und daran konnte man es auch erkennen, daß sie es bereits wußte, daß es dich nicht mehr gibt.

An der Wand hing ihr Bild, du kennst es.

Ein Ölgemälde. Mit einem Hermelin.

Vielleicht wars auch dieser Hermelin, daß ich unwillkürlich Vergleiche anstellte mit dem Brustbild im Magazin. Aber dies sagte ich ihr erst später.

Doch glaubs mir, bitte – nicht ich wars, der begann, sondern sie. Sie war der aktive Teil. Sie umarmte mich und sagte: warum umarmst du mich? Sie knöpfte mir den Waffenrock auf und sagte: was machst du da? Sie gab mir einen Kuß und sagte: laß mich! Sie preßte mich an sich und sagte: geh von mir –

Aber dies alles tat sie erst nach dem Abendessen.

Sie lud mich nämlich dazu ein, weil mein nächster Zug erst um 9 Uhr 12 zurückfuhr, jedoch damals dachten wir noch nicht weiter.

Ich wenigstens nicht.

Sie vielleicht schon.

Jaja, wir Männer fallen im Feld und die Weiber fallen zu Haus. Wir Männer kommen unter die Erde, die Weiber stehen wieder auf und ziehen sich um.

Auch deine Gattin, mein lieber Hauptmann! Auch die deine!

Doch warum erzähl ich dir das alles? Warum?

Warum denk ich denn immer an dich?

Es klingt ja schon fast, als würd ich mich verteidigen wollen – –
Nein, das hab ich weiß Gott nicht nötig!
Ich tat doch nichts Böses, und sie tat auch nichts dergleichen – und du, du bist tot! Verschwind!
Überhaupt ist manches Band zwischen dir und mir zerrissen, seit ich es weiß, was du deiner Frau geschrieben hast, seit ichs mit eigenen Augen las!
Warum beschimpfst du mich in deinem Briefe? Was tat ich dir denn? Wollt ich dich denn nicht retten? Warum nennst du mich einen ehrlosen Verbrecher?
Hauptmann, was soll das heißen?
Ich kann nur annehmen, daß du krank geworden warst, als du diesen Brief geschrieben hast – und so erzählt ichs auch deiner Witwe, daß du anscheinend nicht mehr bei Sinnen gewesen bist, deine Nerven hätten dich höchstwahrscheinlich verlassen, und deine verwirrte Phantasie hätt dir üble Streiche gespielt.
Sie wurde immer bleicher, als sie deine Zeilen las, und dann wurde sie rot, dunkelrot. Dabei ließ sie den Mund offen wie ein maßlos erstauntes Kind. Und dann, dann sah sie mich an – nein, nicht erstaunt, sondern entsetzt. Ich werd diesen Blick nie vergessen.
Sie hat hellgraue Augen, du weißt es. Sie starrten mich an, diese Augen, aber es war mir dabei, als dachte sie an nichts oder als lief ihr alles durch den Kopf.
Sie brachte keinen Ton hervor, und der Brief in ihren Händen begann zu zittern. Es wurde mir allmählich unangenehm und ich wollt mich bereits erkundigen, was du geschrieben hättest, aber sie kam mir zuvor. »Entsetzlich«, sagte sie, und zwar sehr leise.
Dann stand sie auf und ging hin und her.
Was hat sie denn?
Plötzlich hält sie dicht vor mir und läßt mich nicht aus den Augen. »Und er – – er gab Ihnen diesen Brief?«
»Ja, das heißt: ich nahm ihn ihm aus der Hand« –

»Still!« unterbricht sie mich schreiend. »Sprechen Sie nicht weiter, Sie Unmensch! Das ist ja zu grauenhaft – kein Wort!« Sie wirft sich auf das Sofa und heult.
Ich kenne mich nicht mehr aus und mir fällt das Wort hysterisch ein. Was tun?
Ich weiß es nicht und lasse sie heulen.
Sie weint immer leiser und langsam richtet sie sich wieder auf, trocknet ihre Tränen mit einem kleinen Taschentuch und schneuzt sich verstohlen. Dann fängt sie wieder mit mir an: »Hören Sie, Sie müssen mir alles erzählen, alles, alles – jetzt ja« –
Warum jetzt?
»Also«, fährt sie fort und versucht, sich zu beherrschen, »Sie nahmen ihm den Brief aus der Hand?«
»Ja, ich bemerkte nämlich, daß er was Weißes in der Hand hält.«
»Sie wollten ihn retten, nicht?«
Es wird mir kalt, denn sie lächelt ganz irr –
»Ja«, sage ich, »ich wollte ihn retten.«
»Aber Sie kamen zu spät?«
»Ja, zu spät.«
Sie lächelt noch immer.
»Und Sie haben ihn abgeschnitten?«
»Abgeschnitten?!«
Ich starre sie an, sie lächelt nicht mehr.
Abgeschnitten? Mir wirds ganz wirr –
»Erzählen Sie mir alles«, sagt sie und wird immer energischer, »ich habe ein Recht darauf, die Wahrheit zu erfahren, ich war ja zu guter Letzt seine rechtmäßige Gattin und ich will es nicht haben, daß man mir hier mit Heldentod und dergleichen Sand in die Augen streut! Ich verzichte auf jedwede ›Schonung‹! Ich fordere die Wahrheit, die nackte Wahrheit!«
Sie ist verrückt geworden, durchzuckt es mich.
»Hier aus diesen Zeilen, aus seinem letzten Briefe, geht es einwandfrei hervor, daß er nicht gefallen ist, sondern daß er sich erhängt hat.«

Ich schnelle empor.
»Erhängt?!«
»Hier stehts schwarz auf weiß! Er schreibt es selber! Und jetzt will ich alles genau wissen, alles, alles!«
»Aber was wollen Sie denn, er hat sich doch gar nicht erhängt!«
»Lügen Sie nicht!« schreit sie mich an. »Genug gelogen!«
Jetzt wirds mir zu dumm.
»Ich lüge nicht!« fahr ich sie an. »Was fällt Ihnen eigentlich ein?! Er ist ordnungsgemäß gefallen!«
»Gefallen?!« unterbricht sie mich kreischend und lacht ganz eisig. »Gefallen sagen Sie?! Hier, lesen Sie seinen Brief, seinen letzten Brief, Sie Lügner!«
Sie wirft den Brief auf den Tisch und ich seh ihn dort liegen.
Aber ich rühr ihn noch nicht an.
Sie tritt ans Fenster und schaut hinaus.
Draußen fährt ein Zug vorbei, ein Vorortzug –
»So lesen Sie ihn doch!« herrscht sie mich plötzlich wieder an.
»Lesen Sie, und seien Sie nicht so feig!«
»Ich bin nicht feig«, sage ich und werde wütend.
Rasch pack ich den Brief und beginne zu lesen.
»Meine liebe Frau«, lese ich, »kurz vor meiner langen Reise in die Ewigkeit will ich Dir nochmals danken, danken für all Deine Liebe und Treue. Verzeihe mir, aber ich kann nicht mehr weiterleben, mir gebührt der Strang« –
Ich stocke.
Der Strang?
Was schreibt er da, der Hauptmann?
Und ich lese weiter: »Wir sind keine Soldaten mehr, sondern elende Räuber, feige Mörder. Wir kämpfen nicht ehrlich gegen einen Feind, sondern tückisch und niederträchtig gegen Kinder, Weiber und Verwundete« –
Ich werfe einen Blick auf die Frau.
Sie steht noch immer am Fester und schaut hinaus. –
Gegen Weiber?
Ja, das stimmt.

»Verzeihe mir«, schreibt der Hauptmann, »aber ich paß nicht mehr in die Zeit« –
Ich schau die Frau Hauptmann an und denke: paßt du in die Zeit? Und ich frage mich: paß ich in die Zeit?
»Es ist eine Schande«, lese ich weiter, »und was mich am tiefsten schmerzt, ist der Untergang meines Vaterlandes. Denn jetzt erst hat mein Vaterland seine Ehre verloren, und zwar für immer. Gebe Gott mir die Kraft, daß ich ein Ende machen kann, denn ich will nicht als Verbrecher weiterleben, mich ekelt vor meinem Vaterlande« –
Ekelt?
Die Frau schaut noch immer zum Fenster hinaus.
Was gibts denn dort draußen so Interessantes?
Wahrscheinlich nichts.
Ich blick auf sie und denk an den Hauptmann.
Wohin soll das führen?
Wer kann dich noch verstehen?
Warum ekelt dich dein Vaterland?
Ja, es ist wahr: Du wolltest nicht mehr bei uns sein, bei deinen Soldaten.
Du warst uns fremd geworden, das fühlten wir schon damals – erinnerst du dich?
Zum Beispiel, wie du es seinerzeit erfahren hast, daß wir ein paar Gefangene erledigt hatten, was hast du damals nur getrieben! Und derweil wars doch zu guter Letzt nur ein beschleunigtes Verfahren – vielleicht brutal, zugegeben! Man gewinnt keinen Krieg mit Glacéhandschuhen, das müßtest du wissen! Aber du schriest uns an, ein Soldat sei kein Verbrecher und solch beschleunigtes Verfahren wäre frontunwürdig!
Frontunwürdig? Was heißt das?
Wir erinnern uns nur dunkel, daß dies ein Ausdruck aus dem Weltkrieg ist – wir haben ihn nicht mehr gelernt.
Und du hast dem Kameraden, der auf die Idee gekommen war, eigenhändig seinen Stern vom Kragen gerissen, seinen silbernen Stern –

Sag, Hauptmann, was hat das für einen Sinn?
Am nächsten Tag hat er doch seinen Stern wieder gehabt, und du, du hast einen strengen Verweis bekommen – wir wissens alle, was in dem Schreiben stand. Der Leutnant hats uns erzählt.
Die Zeiten, stand drinnen, hätten sich geändert, und wir lebten nicht mehr in den Tagen der Turnierritter.
Hauptmann, Hauptmann, es hat keinen Sinn!
Glaub es mir, ich mein es gut mit dir –
Oder sprang ich dir nicht nach?
Wollte ich dich denn nicht vom Tode zurückreißen?
Jetzt weiß ichs ja, warum du in das Maschinengewehr hineingelaufen bist, jetzt weiß ichs ja, daß ich dir keinen Gefallen getan hätt –
Aber mein Arm mußte daran glauben.
Er ist noch immer nicht ganz, und vielleicht wird ers auch nimmer.
Wie kannst du mich einen Verbrecher nennen, wo ich dir helfen wollte? Wie kannst du dich vor mir ekeln?
Denn ich gehör doch auch zum Vaterland.
Und deine Frau dort am Fenster ebenfalls.
Wenn ihr euch auch immer gestritten habt, es wär ihr doch sicherlich lieber gewesen, du wärst wieder heimgekehrt –
Sie ist zwar noch ein relativ junges Weib und wird sich schon trösten.
Aber trotzdem – trotzdem der einzelne keine Rolle spielt, du hättest es nicht tun dürfen, schau, sie ist ja ganz außer sich.
Ich werds ihr jetzt auch sagen, daß da keinerlei Strang eine Rolle gespielt hat, ich werd sie beruhigen, daß es nur ein feindliches Maschinengewehr gewesen ist –
Und ich sag es ihr.
Sie hört mir aufmerksam zu und fragt dann: »Ist das auch die Wahrheit?«
»Ja.«
Sie sieht mich traurig an mit ihren hellen Augen und lächelt ein bißchen, als wär sie müd. Dann schweigen wir wieder.

Ich wunder mich, wie ruhig sie geworden ist.
Plötzlich fragt sie mich: »Wollen Sie mir etwas versprechen?«
»Natürlich.«
»Behalten wir den Inhalt dieses Briefes für uns, bitte« –
»Bitte« –
Sie nimmt den Brief an sich und fährt sich über die Frisur.
»Es wär mir nämlich sehr, sehr peinlich, wenn jemand den wahren Tatbestand erfahren würde – ich stamme aus einer alten Beamten- und Offiziersfamilie, und wenn dieser furchtbare Brief bekannt werden würde, gäbs nur einen himmelschreienden Skandal.«
»Zu Befehl.«
»Die wären ja imstand und ließen ihm selbst im Grab keine Ruhe. Sie würden ihn noch ausgraben und irgendwo verscharren, wo weit und breit kein ehrlicher Mann liegt« –
»Nicht unmöglich.«
Sie sieht mich groß an.
Du stammst also aus einer Beamten- und Offiziersfamilie – muß ich denken.
»Sie sind jetzt mein Mitwisser«, unterbricht sie meine Gedanken und lächelt wieder ein wenig. »Auf Sie kommts an, daß es unter uns bleibt, nur auf Sie, denn der liebe Gott, der wird ja schweigen« –
Sie nickt mir zu und verläßt das Zimmer.
Sie geht in die Küche und richtet das Essen.
Denn, wie gesagt, ich sollte bei ihr zu Abend essen, weil doch mein Zug erst um 9 Uhr 12 zurückfuhr.
Jetzt bin ich allein.
Auf dem Tischchen liegen noch die Zigaretten, ich zünd mir eine an. Im Bücherschrank stehen Erinnerungen an den Weltkrieg. Es sind militärische Bücher, die gehörten ihm. Und blöde Romane, die gehören ihr.
In der Küche klappern die Teller.
Was wirds denn zum Essen geben?
Wahrscheinlich kalt.

Vielleicht einen feinen Aufschnitt, Butter, Käse und Brot –
Draußen beginnt es zu regnen, und die Bäume schütteln sich, doch drinnen bleibt alles warm und still.
Ja, es ist Herbst geworden.
Es wird immer dunkler, und der Lampe Schein fällt auf den großen Tisch in der Mitte.
Hier haben die beiden gegessen, der Hauptmann und seine Frau.
Und plötzlich gehts mir durch den Sinn: schau, hier hast du ja das bequeme Leben –
Ein Leben, das du so sehr verachtest.
Mit Recht?
Und wie ich mich so frage, fällt mir mein Vater ein.
Der hinkt jetzt in seinem Lokal herum und beginnt mir leid zu tun –
Auch er wollte doch solch ein Zimmer haben. Solch eine feine Lampe, einen Bücherschrank, den Sorgenstuhl, den großen und den kleinen Tisch.
Und eine Frau, die in der Küche mit den Tellern klappert.
Ob meine Mutter eigentlich gut kochen konnte? Ich weiß es nicht.
Aber ich muß sie mal wieder besuchen, ich war ja schon seit Jahren nimmer an ihrem Grab.
Und plötzlich wirds mir ganz eigenartig, denn es ist mir so, als würd ich selbst das Vaterland vergessen können wegen einer Frau – als würd man das Vaterland nicht mehr fressen wollen, wenn ein Weib für einen kocht.
Ja, die Liebe geht durch den Magen.
Ich muß grinsen und geh auf und ab.
In der Ecke steht ein großer Spiegel, ich seh mich drin gehen, und plötzlich durchzuckt es mich: wie ist eigentlich dein Hauptmann gegangen?
Ich versuche, so zu gehen –
Es gelingt mir nicht.
Doch, zwei Schritte waren richtig. So ist er gegangen! Etwas schwer, etwas untersetzt –

Jawohl, so ist er hier auf und ab und hat auf das Essen gewartet.
Ob er auch so lange warten mußte?
Ich hab schon richtig Hunger – was klappert denn die so lang da draußen?
Grad will ich mir die vierte Zigarette anstecken, da kommt sie endlich mit einem Tablett.
Es gibt Schnitzel mit Salat. Bravo!
Sie deckt den Tisch und sagt kein Wort.
Messer, Gabel, Löffel – alles in Ordnung.
Alles in Reih und Glied, ausgerichtet Mann für Mann.
Jetzt werd ich allmählich der Hauptmann.
Ich setze mich auf seinen Platz.
Vielleicht ist es schön, wenn man weiß, daß man zu Hause eine Frau hat, die die Schränke öffnet und schließt.
Die alles in Ordnung hält.
Ja, das wär alles sehr schön, wenn man sichs leisten könnt!
Das Glück ist eine reine Geldfrage und sonst nichts.
Doch halt!
Der Hauptmann konnte sichs ja leisten, dieses häusliche Glück, und wohnte trotzdem in der Kaserne.
Sie sah ihn nur sonn- und feiertags.
Es ist also alles Essig, diese ganze himmlische und irdische Liebe, und es bleibt dabei: ich mag keine Seele leiden.
Auch mich nicht. Eigentlich hasse ich alle.
Selbst der Hauptmann entschwindet mir schon – seit seinem Brief.
Seit es ihn ekelt.
»Trinken Sie Rot oder Weiß?« fragt sie.
»Ich trink alles.«
Sie schenkt Roten ein, zuerst sich, dann mir.
Ich hebe das Glas: »Auf das Wohl der Hausfrau!«
»Danke«, sagt sie leise und nippt nur daran.
Sie ist sehr bleich, und wir reden nichts.
In der Ferne läutet ein Glockenspiel –
Ich horche hin.

»Das ist das Stellwerk vom Bahnhof«, sagt sie. »Wenn es dunkel wird, kann man die Signale hören.«
»Was hat das mit der Dunkelheit zu tun?« frage ich, erleichtert, daß sie endlich redet, denn diese schweigsame Esserei ging mir schon auf die Nerven.
»Das weiß man nicht, es ist halt so«, meint sie.
Und ohne mich anzuschauen, erklärt sie weiter: »Es gibt nämlich unerklärliche Dinge auf unserer Erde, seltsame Geheimnisse, unerforschte Zusammenhänge – finden Sie es nicht auch?«
Sie wartet meine Antwort gar nicht ab, sondern fährt fort, indem sie prüfend in ihrem Salat herumstochert: »Ich hatte einst einen schrecklichen Traum. Ich lag hier auf diesem Sofa, träumte ich, und las einen Roman, da trat mein Mann rasch ein und schrie mich an: ›Komm! Es ist höchste Zeit!‹ Und dann schimpfte er mit mir, weil ich noch nicht fertig war – oh, er schimpfte ganz schlimm, denn er konnte ja auch in Wirklichkeit recht ungeduldig werden, obwohl er zwar ein grundguter Mensch gewesen ist. Also ich zieh mich rasch an, und da seh ich plötzlich, daß seine Stirne aus einer tiefen Wunde blutet. Ich schrei entsetzt auf, aber er lächelt nur, hält den Finger vor die Lippen und flüstert: ›Still, die Kinder schlafen ja schon‹ – und wir haben doch in Wirklichkeit gar keine Kinder. Ich starr ihn an und sage: ›Alfons, was ist denn nur mit deinem Kopf?‹ Und er sagt: ›Red keinen Unsinn! Das ist doch nicht mein Kopf, das ist mein Herz‹ – da wachte ich auf.«
»Sonderbar«, sage ich.
»Und das Sonderbarste ist, daß ich das genau an dem Tage träumte, an dem er seinen Tod fand.«
»Sehr sonderbar. Und dann ist er so plötzlich verschwunden – ich meine: im Traum?«
»Ja, das heißt: er ging durch diese Türe, aber direkt durchs Holz hindurch, als hätt er kein Fleisch und Blut.«
»Und wohin geht diese Türe?«
Sie starrt mich einen Augenblick an, dann sagt sie: »In mein Schlafzimmer.«

Sie wird rot.
Warum?
Sie leert ihr Glas, fast hastig.
Plötzlich beginnt sie wieder: »Was sind Sie denn von Beruf? Student?«
Ich?! Ein Student? Seh ich denn so aus?
Soll ich es ihr sagen, daß ich ohne Uniform nichts bin?
Daß ich sogar vorbestraft wäre, wenn der Kriminaler nicht über das Eis gerutscht wär –
Und ich sage: »Ja, ich bin Student und bin dann mittendrin eingerückt – freiwillig.«
»Ach!« sagt sie und wird bitter ernst.
Wahrscheinlich fiel er ihr wieder ein bei dem Wörtchen »freiwillig« –
Aber ich muß nur lächeln, denn es schmeichelt mir, daß sie mich für einen Akademiker hält.
Es dreht sich also nicht nur alles ums Geld, sondern auch um die persönliche Wirkung. Wer hat, der hat!
Und auf einmal kann ich so frei zu ihr reden, als kämen mir die Worte und Sätze ganz von allein.
Ursprünglich war ich nämlich befangen, aber während ich nun daherrede, denk ich immer wieder dasselbe: schau, auch mit einer Dame der Gesellschaft läßt sichs leicht essen, vorausgesetzt, daß sie dich für einen Akademiker hält.
Ich erzähle ihr allerhand Zeug, und einmal lacht sie sogar hellauf – aber mittendrin stockt sie und schaut sich ängstlich um, als dürfte sie heute nicht lachen.
Und ich erzähle ihr von meinem Arm, der noch immer nicht ganz ist, aber ich verschweig es ihr, warum er verletzt wurde – weil ich nämlich unseren Hauptmann retten wollte.
Warum sag ichs ihr nicht, daß mich mein Arm selbst beim Trinken noch schmerzt, weil ich ihren Gatten tollkühn zurückreißen wollte?
Warum red ich nur nichts darüber?
Warum protz ich denn nicht damit, daß ich eigentlich ein Held bin?

Ich wußte es selber nicht.
Es war nur eine leise innere Stimme da, die mir sagte: erwähne seinen Namen nicht mehr, nur seinen Namen nicht mehr –
Er hat jetzt nicht mehr da zu sein.
Sein Schatten soll nicht mehr auf unseren Tisch fallen.
Weg damit!
Weg, vielleicht weil sie vorhin gelacht hat –
Sie soll sich nicht mehr umschauen!
Es wird immer später.
»Ich muß jetzt gehen«, sage ich.
»Wir haben noch Wein«, sagte sie.
Und ich hab so lang keinen Wein mehr getrunken, er steigt mir zu Kopf, und ich erzähle von einem Fräulein, das mir nachlief und das ich nicht mochte, weil es zu jung für mich war – da bemerke ich, daß sie mich betrachtet. Ich stocke, denn sie lächelt spöttisch.
Jetzt läutet es wieder, das Stellwerk.
Sie horcht auf und zuckt etwas zusammen.
»Was gibts?«
»Das war Ihr letzter Zug.«
»Der letzte? Na, gute Nacht!«
Aber sie beruhigt mich.
»Sie können ruhig hier übernachten, hier auf dem Sofa, vorausgesetzt, daß es Ihrem Arm nichts schadet« –
»Aber das geht doch nicht« –
»Warum soll das nicht gehen? Mich stören Sie nicht, im Gegenteil: ich bin gar nicht so gern allein in der Wohnung, im Parterre ist alles verreist, und mein Mädchen erscheint erst morgen früh, es ist also niemand im Haus und oft kommen so unheimliche Bettler« –
Bettler?!
Das Wort versetzt mir einen Stich, denn ich muß an meine fünf Taler denken, die ich noch in der Tasche hab.
Und an denjenigen, dem ich sie nicht gab.
Ich erblick mich im Spiegel.

Es fällt mir erst jetzt auf, daß ich mich von meinem Platz aus erblicken kann.
Ich gefalle mir nicht.
Und sie sagt:
»Diese Bettler werden immer unverschämter.«

Der Hund

Sie hatte sich in ihr Schlafzimmer zurückgezogen, und ich zog mich aus. Den Rock legte ich über einen Stuhl, aber dann zog ich ihn wieder an, denn die Nacht wurde bitterkalt.
Es ist nämlich ein Sturm gekommen, und die Vorhänge bewegen sich. Besonders der linke, und es zieht auf meinen kranken Arm.
Ich krieche tiefer unter die Decke, die sie mir gab, aber ich schlaf nur für Augenblicke ein. Dann wach ich wieder auf – sein Brief läßt mich nicht los.
Immer länger wird die Nacht, und der Sturm setzt sich auf das Dach.
Dort geht er jetzt hin und her –
Dieser Brief, dieser Brief!
Schlaf, blöder Hund, und grübel nicht weiter –
Siehst du die hohen Berge rings um den Tisch?
Im Spiegel brennt eine Stadt.
Marschier nur zu – über das hohe Plateau.
Vorwärts, Soldaten der Diktatur!
Um uns gähnen Abgründe und drunten rauschen die Wasser.
Wir haben fünf Zivilisten gehenkt.
Einen nach dem anderen.
Zwei Krähen fliegen vorbei –
Was ist nur mit dem Hauptmann los?
Es freut ihn scheinbar kein Schuß.
Wir schütteln oft alle die Köpfe.
Du hast von deiner Beliebtheit schon viel verloren –

Einige murren sogar.
Zwar schreitest du noch jeden Morgen unsere Front ab, aber du siehst nur noch unsere Ausrüstung und nicht mehr durch sie hindurch in uns hinein.
Manchmal fühlen wir uns schon direkt einsam, trotzdem wir in Reih und Glied stehen. Als wären wir hilflos in einer drohenden Nacht und es wär niemand da, der uns beschützt –
Die Krähen kommen wieder.
Und mit Sehnsucht denken wir an die schönen Tage im Kasernenhof zurück. Wie schön wars, wenn er uns abschritt, wenn er beifällig nickte in seiner sicheren Art, weil alles stimmte, außen und innen.
Ach, Hauptmann, wohin soll das führen?
So fragte ich, als deine Witwe plötzlich in der Schlafzimmertür erschien.
Sie war käsweiß und zitterte.
Ich fahre hoch –
Sie hat wenig an, setzt sich auf einen Stuhl, legt ihr Gesicht auf den Tisch und weint.
»Was ist Ihnen?« frage ich.
»Ich kann nicht mehr drüben bleiben«, wimmerte sie, »wahrscheinlich sinds nur die Nerven, aber ich kann nicht mehr allein sein, immer hör ich so Geräusche, als ging was um mein Bett herum« –
»Was denn?«
Sie sieht mich groß an mit ihren verweinten Augen und sagt dann langsam: »Ein Hund.«
Ein Hund?
»Nein!« schreit sie plötzlich los. »Ich geh da jetzt nimmer zurück! Nie wieder, nie wieder!«
Sie heult immer heftiger.
Ich erheb mich, denn ich hatte ja nur die Stiefel ausgezogen, und biete ihr mein Sofa an, aber sie will im Sorgenstuhl schlafen. Das laß ich nicht zu und berühr dabei ihre Schulter. Da fährt sie wütend herum und haut mir auf meinen Arm.

Ich werde wild und geb ihr einen Stoß – »Was fällt Ihnen ein?!« brüllt sie.
»Ruhe!« herrsch ich sie an. »Mein Arm ist ja kaputt! Dort ist das Sofa; kein Wort mehr!«
»Kein Wort mehr?« fragt sie gedehnt und läßt mich nicht aus den Augen.
Als wär sie mein Todfeind, so steht sie vor mir. Still und bös.
Ich muß an das Brustbild mit dem Hermelin denken – aber ich schau nicht hinab.
Es wird immer stiller.
Jetzt fliegt ein Engel durch das Zimmer, sagen die Kinder.
Ich seh nur ihren Mund.
Sie schließt ihn nicht –
Ihre Lippen sind naß.
»Leg dich hin«, sage ich leise.
Sie fährt hoch: »Was fällt Ihnen ein, mich zu duzen, Sie?!«
Hab ich du gesagt? Weiß ich gar nicht –
Ich will mich schon entschuldigen, da fährt sie mir langsam durch das Haar. Ihre Lippen bewegen sich –
»Was sagten Sie?«
»Nichts.«
Aber ich hab es gehört, daß sie lügt.
Sie sagte nämlich: »Was machst du aus mir?«

Der verlorene Sohn

Eigentlich wollte ich sie nimmermehr wiedersehen, die Witwe meines Hauptmanns, und sie wollt mich auch nimmer sehen. Als damals der Morgen graute und ich mich rasch verabschiedete, um noch den ersten Vorortezug zu erreichen, sagte sie nur: »Vergessen wir es, mein Freund« –
Sie hielt mich für einen Studenten.
Und das tut mir heute noch wohl.
Ja, es war nur ein sogenanntes Abenteuer, wie es millionen- und millionenmal Tag und Nacht zustande kommt, wenn

auch jedesmal unter anderen Voraussetzungen. Aber vielleicht sind alle diese Bedingungen nur rein äußerlicher Natur.
Offen gestanden war ich sogar froh darüber, daß wir zwei es vergessen sollten, denn wir waren zu guter Letzt nicht füreinander erschaffen. Ich weiß es natürlich nicht, wars ihre Haut oder war sie mir zu lebhaft – kurz: trotz allem kam keinerlei innere Verbindung zustande, und das einzige, was mir blieb, war meine alte Ahnung, daß nämlich die Damen der Gesellschaft auch nur Weiber sind. Ich fühlte mich bestätigt und wollt nichts mehr von ihr wissen, denn selbst das Brustbild mit dem Hermelin erschien mir danach nur als optische Täuschung.
Aber es gibt eben in unserem Leben unerforschte Zusammenhänge, die keinen Witz verstehen – das wird mir allmählich klarer.
Ich sollte sie noch einmal wiedersehen, die Witwe meines Hauptmanns, wenn auch in einer ganz anderen Angelegenheit.
Zirka drei Wochen nach unserer Nacht stand ich wieder auf jenem Vorortebahnhof – »Frisches Bier!« rief das Mädchen am Büfett. Nein, danke, sauf ihn selber, deinen Mist!
Daß ich wieder zu ihr hinausfuhr, daran war nur mein Vater schuld – jawohl, mein Herr Vater! Diese Idee war auf seinem Mist gewachsen, er hat mir diesen Floh ins Ohr gesetzt, er und sonst niemand!
Mein Arm wurd und wurd nämlich nicht besser und mein Schicksal schien besiegelt, weil eben zu viele Nerven zerrissen waren.
Am Tage nach jener Nacht untersuchte mich der Arzt und sagte: »Was ist denn das? Der Knochen ist ja schlechter geworden!«
Ich erschrak sehr.
»Haben Sie denn etwas Schweres gehoben oder getragen, gezogen?«
»Nein«, antwortete ich und mußte unwillkürlich lächeln, obwohl es mir eher zum Weinen war.

»Trauen Sie sich nur nicht allzuviel zu!« meinte der Arzt und trat zu meinem Nebenmann.
Ich hatte sie wecken sollen, als sie auf meinem Arm schlief. Aber ich wollt sie in Frieden ruhen lassen, und jetzt steht es schlimm um mich.
Undank ist der Welten Lohn.
Ich hätte den Hund hereinrufen sollen, der in ihrem Schlafzimmer saß. Dann wär sie schon aufgesprungen –
Was wiegt denn so ein Weib?
Sie war ja schwer wie ein Kalb.
Sicher 70 Kilo.
Ich will ihr zwar keine Vorwürfe machen, daß mein Arm nimmer ganz wird – seit vorgestern steht dies nämlich medizinisch erhärtet bereits felsenfest –, aber sie trug halt auch ihr Steinchen dazu bei, ihr Steinchen zu dem Haufen, der meinen Arm endgültig zerquetschte.
Ja, das war ein harter Schlag, als es sich unwiderruflich herauskristallisierte, daß ich das Militär verlassen muß.
Aber harte Schläge machen hart.
Und ohne mit der Wimper zu zucken, sagte ich: Adieu, ihr silbernen Sterne!
Zwar darf ich die Uniform noch tragen, doch nimmer lang. Nur als Übergangsmaßnahme –
Ich weiß es noch nicht, was nun kommen soll.
Ich weiß nur, man erntet nichts Gutes, wenn man gut ist.
Bös muß man sein, berechnend und immer kälter –
Rücksichtslos bis zum Äußersten!
Denn es kümmert sich keiner um dich, wenn du ihn im Frieden ruhen läßt. Weckst du ihn auf, zertritt er dir deine Zukunft.
Oh, hätt ich ihn doch nur niemals retten wollen, diesen Hauptmann!
Diesen altmodischen Ritter mit seinen überspannten Ansichten –
Der so zart besaitet war, daß es ihm übel wurde, wenn er mal wo tote Kinder sah –

Richtig, er paßte nicht in seine Zeit!
Hätt ich dies nur schon früher gewußt, dann hätt ich heut noch meinen Arm! Denn wer nicht in seine Zeit paßt, den soll man nicht abschneiden. Hoch droben soll er hängen an seinem freiwilligen Galgen, bis ihn die Krähen holen!
Hörst du mich, Hauptmann?
Hörst du mich da drunten?!
Lieg nur in deinem Heldengrab – aber ich soll von einer jämmerlichen Invalidenrente leben, was? Mit ehernen Lettern steht dein Name im Ehrenbuch unseres Volkes, doch ich darf sehen, was sich findet – wie bitte?!
Paß auf, es dauert jetzt nimmer lang und ich werd dich endgültig hassen!
Denn du warst ein Schwächling, der für sein Vaterland nicht einmal das Opfer bringen konnte, ein paar feindliche Weiber niederzuknallen – Jawohl, ein Schwächling!
Ein Bursche, dens vor seinem Volke ekelt!
Wer kümmert sich jetzt um mich?!
Ich gab dir meine Zukunft, aber du läßt mich allein zurück und kümmerst dich in deinem Sarg einen Dreck darum, ob ich satt bin oder nicht.
Erschein mir doch wenigstens als Geist und erleuchte mich, was ich jetzt beginnen soll! Aber du denkst nicht daran zu geistern, du verwest ruhig weiter, als hättest du nichts verbrochen!
Wenn ichs deiner Witwe nicht versprochen hätt, würd ich deinen Brief in alle Welt hinausposaunen – alle sollens wissen, daß du feige in den Tod marschiert bist, ein Fahnenflüchtiger, ein Schurke, ein Schuft!
Ausgraben sollen sie dich aus deinem Heldengrab und verscharren in der hintersten Ecke, wo sich die Verbrecher gute Nacht sagen –
Ich will von deinem Brief erzählen, jedem, der mir in den Weg läuft, alle sollens wissen, was du für eine Seele gewesen bist – garantiert!
Doch halt – halt!

Deine saubere Witwe würde natürlich alles prompt ableugnen, jeden Meineid würde sie schwören, wahrscheinlich hat sie auch den Brief schon längst verbrannt, sie ist ja ein raffiniertes Stück – und ich würd dann dastehen als der blöde Hund und würd vielleicht gar noch verurteilt werden als öffentlicher Verleumder.
Vorsicht, Vorsicht, lieber Freund!
Überhaste nichts, überleg dir alles genau!
Du stehst jetzt wieder am Anfang und nicht mehr in Reih und Glied.
Heut steht keiner neben dir, weder rechts noch links.
Du bist allein, nur du –
Aber diesmal packs gescheiter an. Gescheiter!
Nimm einen Bleistift in die Hand und rechne nach, was dir bleibt.
Es bleibt dir nur ein einziger Mensch.
Dein Vater. Dein lieber Vater.
Er hat dich in die Welt gesetzt, ohne sich zu erkundigen, ob du es haben wolltest – er muß dir also helfen, und wenn er Blut schwitzen sollte.
Du magst ihn zwar nicht, doch das ist egal.
Nütze ihn aus!
Sei freundlich zu ihm! Halt das Maul, wenn er in seiner dummen Art auf die Rüstungsindustrie schimpft –
Wer weiß, vielleicht hat er gar nicht so unrecht damit!
Denn wenn ein Rüstungsindustrieller seinen Arm opfert, verliert er noch nicht seine Aufträge.
Er liefert trotzdem weiter.
Prima Kanonen, Munition und den ganzen Behelf –
Eine Invalidenrente ist für ihn kein Problem.
Widersprich also deinem Vater nicht, er hat dich ja auch gezeugt.
Im Jahre 1917.
Es muß im Fasching gewesen sein, denn ich hab im Herbst das Licht dieser Welt erblickt.
Ehre deinen Vater, auf daß du ihn auspressen kannst.

Geh zu ihm hin, fall auf die Knie und bitte ihn um seinen Segen! Er muß dir Geld geben.
Geh, du kennst ja das Lokal, in dem er sich sein Brot verdient! Geh! – – –
Ich ging also zu meinem Vater, bis in die Vorstadt hinaus.
Der herbstliche Abend lag mild auf den weiten Plätzen, und durch die engen Gassen kam leise eine traurige Nacht. Ohne jedes Licht am Himmel, als wären sie alle heruntergefallen, die schönen silbernen Sterne.
Jetzt muß ich noch einmal nach rechts, dann links und quer hinüber – dort neben der Molkerei und dem photographischen Atelier, dort werd ich den lieben Vater treffen.
Ich steh vor der kleinen Gastwirtschaft und lese das Schild: »Zur Stadt Paris.«
Die »Stadt Paris« hat nur zwei Fensterscheiben. Die Vorhänge sind vorgezogen, und ich schau durch einen Riß hinein.
Die Luft da drinnen ist matt und grau. Ich seh nur wenig Gäste, aber sie rauchen fürs doppelte. Und da – da kommt er selbst!
Mein Vater.
Er bringt zwei Gläser Bier und stellt sie auf einen Tisch. Dort hocken drei Chauffeure und würfeln.
Mein Vater hat sich kaum verändert.
Er ist nicht älter geworden, und es kommt mir sogar vor, als würd er weniger hinken. Ist es denn möglich, daß ein Schuß besser wird?
Oder ists nur die Macht der Gewohnheit, daß man mit der Zeit elastischer wirkt? Oder hab ich ihn nur hinkender in der Erinnerung?
Der eine Chauffeur zahlt, mein Vater kassiert und verbeugt sich untertänig. Jaja, er ist der alte geblieben. Ein Trinkgeldkuli –
Sicher verdient er ganz hübsch.
Trinkgelder summieren sich nämlich.
Vielleicht hat er schon ein Palais.

Ich muß grinsen –
Führst wieder ein flottes Junggesellenleben, was? Mit Weibern und Kartenspiel, wie vor deinem Weltkrieg?
Vorbei, vorbei!
Das war einmal – vor mindestens dreihundert Jahren.
Wie alt bist du heut eigentlich?
Ich schau mich um und betrete die »Stadt Paris«.
In der Nähe der Türe setz ich mich gleich.
Mein Vater erkennt mich nicht, denkt, ich wär ein gewöhnlicher Gast, und kommt zu mir, jedoch drei Schritt vor mir zuckt er sehr zusammen und starrt mich fassungslos an.
Ich lächle verbindlich.
Endlich findet er seine Sprache wieder.
»Du?« fragt er gedehnt –
»Ja, ich bins.«
Er rührt sich noch immer nicht und schaut und schaut mich nur an, fast forschend. Ich steh auf und reich ihm die Hand.
»Guten Abend, Vater!«
Langsam nimmt er meine Hand, als wär sie zerbrechlich, und erholt sich allmählich von der Überraschung.
Dann sagt er: »Schön von dir, daß du noch an mich denkst. Was soll ich dir bringen, was willst du trinken?«
»Was du mir gibst.«
Er lächelt geschmeichelt.
»Dann bring ich dir etwas ganz Besonderes, einen Extratropfen – aber dann mußt du mir auch alles erzählen, von A bis Z« –
Er nickt mir zu, und ich hör ihn an der Schenke sagen: »Für meinen Sohn!«
»Oh!« höre ich eine weibliche Stimme, und dann beugt sich ein dicker, alter Schweinskopf über das Pult und glotzt mich neugierig an.
Aha, seine Herrin und Meisterin!
Ich nicke ihr ehrerbietig zu, und sie verzieht befriedigt ihr Fett. Jetzt kommt mein Vater mit einem Glas Wein.
»Ich darf mich nicht setzen«, sagt er, »ich bin im Dienst.«

»Auf dein Wohl!« sage ich.
»Nein, auf dein Wohl!«
Ich leere das Glas mit einem Zug.
»Hoho!« lacht mein Vater. »Wie der säuft!«
»Recht hat er!« ruft der Schweinskopf. »Franz! Bringen Sie ihm noch einen Wein, tapfere Soldaten haben immer Durst!«
Franz ist mein Vater. Er bringt mir noch einen Extratropfen, beugt sich zu mir nieder und flüstert: »Du hast ja das Herz dieses alten Drachen im Sturm erobert, sie ist nämlich sonst der Geiz in persona, aber ich sags ja: man ist nicht umsonst mein Sohn!«
Stolz blickte er in der Runde umher und plötzlich bleiben seine Augen auf meinem Kragen kleben: »Was? Wir haben schon drei Sterne?! Gratuliere – gratuliere« –
»Danke«, fall ich ihm ins Wort, »ich hab sie doch nimmer lang.«
»Nimmer lang?!«
Er ist vor den Kopf geschlagen.
Und ich erzähl ihm von meiner militärischen Zukunft, als ich nämlich noch eine hatte, denn ich bin doch einst der beste Schütze der Kompanie gewesen und hab hintereinander ins Schwarze getroffen. Aber dann meldete ich mich freiwillig, um an der Säuberungsaktion gegen diese vertierten Untermenschen –
Er unterbricht mich hastig: »Du warst auch dabei?«
»Ja, natürlich!«
»Aha!«
Was meint er mit diesem »Aha«? Ich werde nicht klug daraus und erwähne vorsichtig das kleine Land, das wir uns holen wollten –
»Es ist schon unser«, unterbricht er mich.
Ich schau ihn mißtrauisch an. Meint er dieses »unser« spöttisch? Dem ist nämlich alles zuzutrauen, jeder Hohn und jede Zersetzung –
Und während ich ihn heimlich beobachte, fahre ich fort zu

erzählen. Von den braven Fliegern, die ich zwar persönlich nicht riechen kann, die jedoch ungemein präzis ihre waghalsige Pflicht erfüllten, von den fremden Städten und Dörfern, die wir zerstörten, von dem niederträchtigen feindlichen Gesindel, das uns oft genug mit der Waffe in der Hand entgegentrat, von der häßlichen Sprache jener Verbrecher, ihren dreckigen Hütten und räudigen Hunden.
Er steht aufmerksam neben mir, und plötzlich stört es mich, daß er nicht sitzen darf, und ich fasse mich immer kürzer.
Ich berichte von meiner schweren Verwundung, weil ich nämlich unseren Hauptmann retten wollte, aber ich verschweige ihm den Brief des Hauptmanns, denn der wär ja nur Wasser auf seine Mühle – und ich rede natürlich auch kein Wort von der Nacht mit seiner Witwe, denn in diesen Punkten bin ich Kavalier und nenne nie einen Namen, sondern rede nur im allgemeinen mit.
»Hm«, meint er, als ich geendet hatte, »ein zerschossener Arm ist natürlich nichts. Armer Kerl, hast wirklich Pech! Aber zunächst mach dir nur keine besonderen Sorgen – wenn du morgen oder übermorgen das Krankenhaus verlassen mußt, dann sollst du es wissen, daß du immer bei deinem Vater wohnen kannst.«
Ausgezeichnet! denke ich. Und ich sage: »Das wäre sehr lieb von dir« –
»Das ist gar nicht lieb«, fällt er mir wieder mal ins Wort, »das ist nur selbstredend! Sehr bequem wirst du es zwar nicht haben, denn ich hab jetzt ein anderes Zimmer.«
»Ein anderes?«
»Ja, es ist etwas kleiner, eigentlich sogar um ein ziemliches kleiner als das frühere – die allgemeine wirtschaftliche Lage ist eben nicht gerade rosig, obwohl wir das Land erobert haben.«
Wir? Du hast das Land erobert?
Was redet er da für Zeug?
»Aber all diese mißlichen Strömungen, Stockungen und Schwierigkeiten sind sicherlich nur vorübergehender Natur.

Wir werden die Früchte unseres Sieges noch ernten, verlaß dich drauf!«
Himmelherrgott, meint er das ernst oder nicht?!
Es wird mir allmählich zu dumm.
»Das wundert mich, daß du so redest«, sage ich.
»Warum, wieso?«
»Früher hast du doch immer behauptet, jeder Sieg ist zu guter Letzt eine Niederlage und es würd nur eine Macht profitieren, ob Sieg oder Niederlage, nur eine Macht, nämlich die Rüstungsindustrie« –
»Unsinn!« unterbricht er mich barsch. »Für uns ist das kein Problem mehr, darüber sind wir gottlob hinaus! Seit dem 1. Januar steht doch unsere Rüstungsindustrie unter staatlicher Kontrolle, gewissermaßen ist sie sogar eigentlich bereits verstaatlicht und drum liegen natürlich heutzutag die Dinge diametral anders im Raum! Heutzutag profitiert die Allgemeinheit von jedem Sieg, wir alle, ich, du, das ganze Volk – – was glotzt du mich denn so geistreich an?«
Ich glotze ihn dumm an, weil ich plötzlich denken muß: wieso du und wieso ich? Ich gab doch meinen Arm und du hast ein kleineres Zimmer –
Nein, ich will nicht weiterdenken!
Denken tut weh –
Aber es hilft mir nichts, es kommt eine Frage und setzt sich an meinen Tisch. Sie läßt mich nicht aus den Augen, während mein Vater dahinredet wie ein reißender Fluß.
»Tröst dich nur, es wird schon werden, Sorgen hat ein jeder, ob reich, ob arm« – so rauscht der Fluß an mir vorüber, und die Frage lächelt undurchsichtig. Sie lehnt sich zurück wie ein höhnischer Lehrer in der Schule: »Nun, mein Kind, so antworte doch! Was heißt das eigentlich: die Allgemeinheit?«
Es wird mir einen Augenblick schwarz vor meinem Hirn, und ich hör meinen Vater aus der Ferne: »Es ist zwar richtig, daß du nichts gelernt hast, keinen richtigen zivilen Beruf, das ist allerdings arg, denn heut wärst du zum Lehrling schon zu alt, und als ungelernter Arbeiter kannst auch nicht unter-

kommen, dazu fehlt dir ja die Vollkraft deines Armes – aber hunderttausend anderen gehts akkurat ebenso, du bist nicht der einzige, merk dir das! Du bist eben leider ein Kriegskind, die haben alle nichts Ordentliches gelernt, immer nur alles versäumt, entweder warens zu früh dran oder zu spät – doch halt – halt! Mir fällt grad etwas ein und das dürft einen Ausweg aus dem Labyrinth bedeuten, hör her, dein Vater ist nicht der Dümmste! Ich denk nämlich, du müßtest eine kleine Protektion haben« –

»Protektion?«

»Ja, vielleicht hilft dir der liebe Gott, und du kennst jemand, der dich protegieren könnt – kennst du denn niemand persönlich?«

»Nein.«

»Keinen Offizier oder dergleichen?«

»Nein, das heißt: ich kenne jemand, aber das ist kein Offizier, sondern eine Frau, die Witwe meines Hauptmanns« –

»Du kennst sie?«

»Ja, ich hab ihr mal einen Dienst erwiesen.«

»Wunderbar! Die wird dir helfen, die muß dir helfen! Paß auf, mein Kind: alles im Leben erreicht man nur durch die Weiber« – – –

So kam es, daß ich wieder zur Witwe meines Hauptmanns hinausfuhr. Sie erschrak sehr, als sie mir die Tür öffnete, aber sie beruhigte sich sogleich, als sie hörte, warum ich kam. Und sie versprach es mir, mich zu protegieren, sie kenne nämlich den Bruder eines Ministerialrates, vielleicht daß mir der eine staatliche Hilfsdienerstelle verschaffen könnte – und während sie mir dies versprach, beobachtete ich sie heimlich und wunderte mich sehr, wie sie mir jemals hatte gefallen können.

Denn sie lebte in meiner Erinnerung um zwanzig Jahre jünger.

Oder schien es mir so?

Nun wohne ich bei meinem Vater. Er geht gegen Mittag weg und kommt erst nach Mitternacht heim. Sein Zimmer ist wirklich arm.

Ein Schrank, ein Tisch, ein Bett, zwei Stühle und ein schiefes Sofa – das ist alles. Das Sofa ist übrigens obendrein zu kurz für mich.

Dafür hab ich den halben Tag Musik.

Nebenan wohnt nämlich eine stellungslose Verkäuferin mit einem heiseren Grammophon. Sie hat nur drei Platten, lauter Tanz. Also immer dasselbe, aber das stört mich nicht, was Lustiges hört man immer gern.

Ich lese ein Buch über Tibet, das geheimnisvolle Reich des Dalai-Lama am höchsten Punkte der Welt. Mein Vater hats von einem Stammgast bekommen, der Stammgast konnte nämlich plötzlich seine Zeche nicht mehr bezahlen, weil er wegen einer geringfügigen Unterschlagung seinen Posten verloren hatte. Ein kleines Menü ist das Buch wert. Aber ohne Kompott.

Die Verkäuferin ist nicht hübsch. Sie wird also schwer eine Stellung bekommen. Wenn sie nicht verhungern will, wird sie sich wohl verkaufen müssen.

Viel wird sie ja nicht bekommen –

Eigentlich ist sie zu dürr. Zumindest für meinen Geschmack. Ich lieb nämlich nur das Gesunde.

In den Zeitungen steht zwar, wir hätten keine Arbeitslosen mehr, doch das ist alles Schwindel.

Denn in den Zeitungen stehen nur die unterstützten Arbeitslosen – da aber einer nach kurzer Zeit nicht mehr unterstützt wird, kann er also auch nicht mehr als Arbeitsloser in den Zeitungen stehen. Auch wenn er sich umbringt, um nicht zu verhungern, kann er nicht drinstehen, denn darüber zu berichten ist strengstens verboten. Nur wenn einer etwas stiehlt, das darf drinstehen, und zwar in der Rubrik: Aus dem Rechtsleben.

Es gibt keine Gerechtigkeit, das hab ich jetzt schon heraus. Daran können auch unsere Führer nichts ändern, selbst wenn sie auf außenpolitischem Gebiet noch so genial operieren. Der Mensch ist eben nur ein Tier, und auch die Führer sind nur Tiere, wenn auch mit Spezialbegabungen.
Warum bin ich nicht so begabt? Warum bin ich kein Führer?
Wer bestimmt da mit einem Menschen? Wer sagt zu dem einen: Du wirst ein Führer. Zum anderen: Du wirst ein Untermensch. Zum dritten: Du wirst eine dürre, stellungslose Verkäuferin. Zum vierten: Du wirst ein Kellner. Zum fünften: Du wirst ein Schweinskopf. Zum sechsten: Du wirst die Witwe eines Hauptmanns.
Zum siebten: gib mir deinen Arm –
Wer ist das, der da zu befehlen hat?!
Das kann kein lieber Gott sein, denn die Verteilung ist zu gemein.
Wenn ich der liebe Gott wär, würd ich alle Menschen gleich machen.
Einen wie den anderen – gleiche Rechte, gleiche Pflichten!
Aber so ist die Welt ein Saustall.
Meine dicke Schwester im Krankenhaus sagte zwar immer: Gott hat mit jedem einzelnen etwas vor –
Heut tuts mir leid, daß ich ihr nie geantwortet hab: Und mit mir? Was hat er denn mit mir vor, dein lieber Gott?
Was hab ich denn verbrochen, daß er mir immer wieder die Zukunft nimmt?
Was will er denn von mir?
Was hab ich ihm denn getan?!
Nichts, radikal nichts!
Ich hab ihn immer in Ruhe gelassen – –
Das Grammophon spielt, ich lese im Buch über Tibet von dem salzigen See Tschargut-tso, aber meine Gedanken sind weiter weg.
Ich hab nämlich keine Angst mehr vor dem Denken, seit mir nichts anderes übrigbleibt. Und ich freu mich über meine Gedanken, selbst wenn sie Wüsten entdecken.

Denn ich bleib durch das Denken nicht mehr allein, weil ich mehr zu mir selber komm. Dabei find ich meistens nur Dreck.
Die Uniform darf ich noch immer tragen, ich hätt ja auch keinen anderen Anzug, und das Jahr in der Kaserne war mein goldenes Zeitalter.
Vielleicht hätt ich jenem Bettler meine fünf Taler geben sollen, vielleicht wär dann heut mein Arm wieder ganz – nein, das ist ein zu dummer Gedanke!
Weg damit!
Mein Vater sagte: wir haben gesiegt – jawohl: wir. Als wär er auch dabei gewesen und einst hat er doch den Krieg verflucht, seinen Weltkrieg, weil er dabei gewesen ist. Aber mein Krieg, der versetzt ihn in einen Taumel der Begeisterung –
Ja, er ist und bleibt ein verlogener Mensch.
Ich bin ihm nicht bös, wenn ich mir dieses Zimmer überleg.
Wer arm ist, darf sich was vorlügen – das ist sein Recht.
Vielleicht sein einziges Recht.
Ich trete ans Fenster und schau hinaus.
Drunten auf der Straße gehen zwei Kinder.
Mit kleinen, steifen Schritten – so bist du auch mal gegangen.
Ein Radfahrer fährt vorbei.
Dann kommt eine alte Frau und ein Mann mit einem Rucksack.
Ein Herr mit einer Zigarre und ein Lastauto –
Das alles gehört zu deinem Volk.
Schau dirs an, dein Vaterland – das ist dein alles.
Das hat dein alles zu sein.
Du hast es beschützt – jetzt bist du ein Krüppel.
Ich stutze.
»Beschützt«?
Wer hats denn eigentlich bedroht?
Jenes kleine Land? Lächerlich!
Der Radfahrer sah das Lastauto, er begann zu wackeln und stieg vorsichtshalber ab, denn die Gasse ist eng.

Auch mein Vaterland beginnt zu wackeln.
Immer größer werden die Lastautos –
Die Rüstungsindustrie ist verstaatlicht, sagt mein Vater.
Also verdient der Staat.
Und der Staat ist das Volk.
Warum verdien ich also nichts?
Gehör ich denn nicht zu meinem Volk?
Ich hab doch nur verloren –
Warte nur, bald gibts nichts zum Lachen!
Wie kalt das Licht wird, wenn man denkt –
Mein Herz beginnt zu frieren.
In der Zeitung steht, wir kriegen Schnee.
Heuer kommt der Winter rasch.
Wir heizen bereits, mein Vater und ich.
Ihm kanns nicht heiß genug sein, und ich schlaf schlecht, wenn das Fenster nicht offen ist. Das ergibt häufig Wortwechsel.
Ich wohne ja bereits seit Wochen bei ihm, und ich hab das deutliche Gefühl, daß er aufatmen würde, wenn ich endlich verschwunden wär. Er sagt jedoch nichts dergleichen, nur ab und zu schießt er mit vergifteten Pfeilen. Besonders, wenn ich mich mit seinen Klingen rasier.
Aber was bleibt mir denn übrig? Ich hab ja keine eigenen Klingen!
Soll ich mir deswegen einen Vollbart wachsen lassen?
Nein, nie! Niemals!
Ich will glattrasiert leben, ganz glatt.
Lieber rauch ich nichts!
Ich schau nicht mehr hinaus, sondern leg mich aufs Sofa, aber das Buch über Tibet laß ich auf dem Tisch.
Die Erforschung der weißen Flecke auf der Landkarte – nein, mich interessieren heut andere Gebiete!
Wie gern würd ich auf alle Expeditionen verzichten, wenn mir die Post nur endlich ein kleines Brieflein bringen würde –
Nur ein paar Zeilen müßten es sein.
»Sie werden hiermit aufgefordert, sich am nächsten Don-

nerstag zwischen 10 und 11 unter Vorweisung Ihrer Militär- und Zivildokumente zwecks Einstellung als Hilfsdiener einzufinden« – unleserliche Unterschrift.

Und die unleserliche Unterschrift würde meine Dokumente prüfen und würde dann sagen: »Sie haben Glück, denn Sie haben die höchste Protektion! Sie sind also hiermit ein staatlich angestellter Hilfsdiener mit Pensionsberechtigung – man gratuliert!«

Der Dienst wär ausgesprochen leicht.

Dreimal täglich muß ich zur Post, Briefe holen und befördern. Das ist eigentlich alles.

Ich wohne nun nicht mehr bei meinem Vater, sondern bewohne ein eigenes Zimmer, direkt im Amtsgebäude. Es ist groß und hell und geht auf einen vornehmen Park hinaus, in dem sich der Efeu um die alten Bäume rankt.

Die Uniform hängt im Schrank, ich hab mir einen blauen Anzug auf Raten gekauft, denn das kann ich mir nun leicht leisten, es ist ja nimmer so wie früher –

Das Grammophon spielt noch immer.

Wann wirst du dich verkaufen, liebliche Nachbarin?

Von mir kriegst nichts.

Schad, daß jetzt meine dicke Schwester nicht da ist, der würd ich gar manches erzählen!

»Warum pflegst du kranke Menschen?« würd ich sie fragen. »Es gibt doch Gesunde mehr als genug, bet lieber für die, damit sie sich nicht verkaufen müssen, und laß die Kranken krank sein!«

Was würde sie antworten? Ich weiß es schon.

Sie würde sagen: »Liebe deine Feinde, aber hasse den Irrtum« –

Was ist Irrtum? Ich mag es nicht, dieses Wort!

Weil man sich nicht auskennt damit und weil er dann immer wieder vor mir steht, mein Hauptmann!

»Was gibts denn?« fragt er mich.

»Melde gehorsamst, nichts.«

Ich dreh mich um –

Nein, nein, denk nur weiter, sei nicht feig!
Es ist ja so kalt geworden, daß du nichts mehr spüren kannst – keinen Stich, keinen Hieb.
Los, los! Was regt dich denn auf?
Was läßt dir denn keine Ruh?
Ich hör es wieder, wie sichs mir nähert –
Hatte er recht, frage ich mich, daß er sich vor seinem Vaterlande ekelte? Ja oder nein?
Gewiß, er war ein Schuft – aber hatte er recht?
Kann ein Schuft recht haben?
Als wir zum Beispiel seinerzeit zusahen, wie unsere Flieger das feindliche Lazarett mit Bomben belegten und die herumhüpfenden Insassen mit Maschinengewehren bestrichen, da drehte sich unser Hauptmann plötzlich um und ging hinter unserer Reihe langsam hin und her.
Er sah konstant zur Erde, wie in tiefe Gedanken versunken.
Nur ab und zu hielt er und blickte in den stillen Wald. Dann nickte er mit dem Kopf, als würde er sagen: »Jaja« –
Oder zum Beispiel, als wir damals in der Siedlung beschlagnahmten, da stellte er sich uns in den Weg. Er wurde ganz weiß und schrie uns an, ein ehrlicher Soldat plündert nicht!
Er mußte erst durch unseren Leutnant, diesen jungen Hund, aufgeklärt werden, daß die Plünderung nicht nur erlaubt, sondern sogar anbefohlen worden war. Höheren Ortes.
Da ging er wieder von uns, der Hauptmann.
Er ging die Straße entlang und sah weder rechts noch links.
Am Ende der Straße hielt er an.
Ich beobachtete ihn genau.
Er setzte sich auf einen Stein und schrieb mit seinem Säbel in den Sand. Merkwürdigerweise mußte ich plötzlich an das verwunschene Schloß denken und an das Fräulein an der Kasse, das die Linien zeichnete –
Sie wollte mich nicht sehen.
Ja richtig, das verwunschene Schloß – das gibts ja auch noch!
Komisch, daß ich jetzt so lang nicht daran dachte –

Natürlich, die Fenster sind vergittert und die Drachen und Teufel, sie schauen heraus.
Fast hätt ichs vergessen.
Und ich wollt doch immer wieder hin –
Wie ist denn das nur gewesen?
Stimmt, ich kaufte mir zwei Portionen Eis.
Der Mond schien, die Luft war lau und die Katzen konzertierten.
Aber ich mag kein Eis, und vielleicht ist sie nur eine Sitzschönheit, ich kenn ja nur das von ihr, was über die Kasse herausschaute.
Vielleicht hat sie krumme Beine –
Nein, nein, das ist nicht möglich!
Erinner dich nur!
Sie zeichnete ihre Linien, und einen Augenblick lang war dir doch alles so fern, die ganze Welt, und du dachtest, das Herz bleibt stehen. Es rührte sich kein Blatt, nur aus dem verwunschenen Schlosse tönte leise die alte Musik.
Wolltest du ihr denn nicht schreiben?
Ach jaja –
»Wertes Fräulein«, wollte ich schreiben, »gestern war Donnerstag und heut ist schon Freitag. Wann ich wiederkommen werd, das weiß ich noch nicht, aber Sie werden immer meine Linie bleiben« –
Ich muß lächeln.
Morgen geh ich mal hin.

Im Reiche des Liliputaners

In der Nacht hat es geschneit, und jetzt ist alles weiß. Ich geh zu meinem verwunschenen Schloß.
Die Stadt ist stiller geworden durch den Schnee, man hört seine eigenen Schritte nicht.
Und wie ich so dahingeh, bemerk ich es wieder, daß ich mich spiegle. In den vornehmen Auslagen.

Jetzt geh ich durch einen Schinken.
Jetzt durch Bücher und dann durch Perlen, Puderquasten –
Einst wollt ich das alles zertreten, zertrampeln – wie dumm!
Heut möcht ich den Schinken fressen, die Bücher lesen und die Perlen und Puderquasten, die möcht ich jemand schenken – Aber wem?
Vielleicht dem Fräulein an der Kasse – vielleicht kommt es noch dazu.
Werden sehen!
Eigentlich bist du sehr allein –
Werden sehen, werden sehen!
Ich geh zum Hafen hinab.
Die breite Allee wird immer breiter und lauter.
Ja, hier ist immer Betrieb, Sommer und Winter.
Die schwarzen und gelben Matrosen, sie weichen mir aus, denn ich hab noch die Uniform an.
Mit meinen drei silbernen Sternen –
Wenn diese Exoten wüßten, daß ich nichts mehr bin!
Rechts und links beginnen die Sehenswürdigkeiten – die großen und kleinen Affen, sie frieren im Chor. Schießbuden und Spielautomaten, das Schaf mit den fünf Füßen und das Kalb mit den zwei Köpfen – nichts ist geschlossen, trotz der eisigen Luft, die über das Meer gekommen war.
Es ist alles noch da.
Auf der Achterbahn quietschen die Leut und aus dem Hippodrom treten zwei Weiber, eine Größere und eine Kleinere. Sie sind geritten und richten sich noch immer die Röcke. Ja, die könnten mir beide gefallen, aber sie haben schon einen Kavalier.
Ein kleines Männchen, eine elende Ratte.
Es hat sich nichts verändert.
Es ist alles beim alten geblieben, nur daß inzwischen Schnee gefallen ist.
Auch jene Ratte ist mein Volksgenosse und auch für diesen Mist gab ich meinen Arm –

Ich muß grinsen, denn heut weiß ichs, daß, wenn ich etwas zu sagen hätte, daß ich dann dieser Ratte meinen Arm um den Schädel schlagen würde. Bis sie verreckt.
Rascher wandle ich die Buden entlang, denn mein verwunschenes Schloß kommt ja erst ganz am Schluß.
Rechts gibts den Mann mit dem Löwenkopf und links die Dame mit dem Bart.
Und dort – richtig, dort steht er noch immer, mein Eismann! Dort kauft ich mir einst die beiden Portionen, obwohl ich kein Eis mag.
Aber heut ist es Winter geworden und er verkauft kein Eis mehr, sondern gebrannte Mandeln.
Ich würd mir auch keine gebrannten Mandeln kaufen, obwohl ich die sehr gern hab – nein, heut geh ich direkt auf sie zu!
Paß nur auf, jetzt komme ich!
Doch – was ist denn das?!
Ich stocke –
Ich halte an.
Als wär plötzlich eine Wand vor mir –
Was ist los?! Was heißt das?!
Mein verwunschenes Schloß – es ist ja nimmer da!
Es ist verschwunden – weg, ganz weg!
Wo ist es denn hin?!
Hier steht ja jetzt etwas ganz anderes, eine Autohalle oder irgend sowas dergleichen –
Und meine Linie – meine schöne Linie?
An der Kasse sitzt ein anderes Fräulein.
Ich schau noch immer hin.
Und einen Augenblick lang wirds mir so weh um das Herz, als hätte ich etwas verloren, was ich niemals besessen hab.
Der Schnee fällt immer stiller, und es geht eine Sehnsucht durch meine Seele –
Ja, es war mal ein Frühling, aber ich mußte weg.
Das Vaterland rief und nahm auf das Privatleben seiner Kinder mit Recht keine Rücksicht.

Mit Recht?
Der Wind weht, kalt und naß, die Katzen konzertieren nicht mehr und ich spür meinen kaputten Arm, er wird nimmer ganz –
Wo ist mein Fräulein geblieben?
Ich geh weiter und stolpere.
Über was?
Über nichts. Es ist ja nichts da.
Aber nun lächelt das andere Fräulein, weil ich gestolpert bin. Sie hat es gesehen. Sie lächelt noch immer und schaut mich an.
Schau mich nur an, du gefällst mir nicht!
Ich will weg, aber ich komme nicht weit. Nur über die Straße. Dort steht mein Eismann, und ich kauf mir gebrannte Mandeln.
Sie sind sehr gut.
Ich blicke auf die Autohalle, wo die Menschen in kleinen Autos herumfahren, immer im Kreise, immer einer allein, und ich frage den Eismann: »Hier stand doch einst das verwunschene Schloß, nicht?«
»Ja«, sagt er, »das war einmal.«
»Und warum gibts das jetzt nimmer?«
»Es hat sich nicht mehr rentiert.«
Ach so –
»Es war zu altmodisch«, höre ich den Eismann, »es paßte nicht mehr in unsere Zeit.«
Ich horche auf.
Wie sagte er? Nicht in die Zeit?
Wo hab ich das nur schon mal gehört –
Richtig, der Hauptmann! Der schrieb es in seinem Briefe!
Dort las ichs zum erstenmal, schwarz auf weiß: ich passe nicht mehr in diese Zeit –
Was soll das eigentlich heißen?
Warum paßt denn mein verwunschenes Schloß nicht mehr in unsere Zeit? Paßt denn diese Autohalle besser hinein?
Diese blöde Autohalle, wo ein jeder wie der andere für sich

allein herumfährt und sich einbilden darf, daß er in seinem eigenen Auto fahren kann, wohin er will –

Derweil gehts immer im Kreis.

Es ist zu dumm!

Da waren doch meine Drachen und Teufel ganz andere Leut!

Und erst das Skelett persönlich – ich erinner mich noch genau.

Und die allgemeine Finsternis, in der man das Gruseln lernen sollte, wenn man immer wieder mit einem Fuß ins Nichts getreten ist – weiß Gott, das hat mir besser gefallen, obwohls natürlich auch nur eine Dummheit gewesen ist.

Aber es war eine schönere Dummheit.

Oder: paß ich denn auch nicht mehr in die Zeit?

Unsinn!

Ich bin da und kann nirgends heraus, ich laß mir da nichts dreinreden! Natürlich paß ich in meine Zeit, nur in diese jämmerlichen Autos paß ich nicht hinein!

Ich mag nicht immer im Kreis herumfahren, ich bin ja nicht blöd!

Genug gegrübelt – Schluß!

Ich hau die gebrannten Mandeln auf die Erde, daß es nur so klatscht, und geh hinüber. Schnurgerade. Zur Autohalle.

»Eine Eintrittskarte?« fragt das Fräulein an der Kasse.

»Nein«, sage ich, »ich möchte nur eine Auskunft haben.«

»Bitte?«

»Hier stand doch einst etwas anderes« –

»Jawohl«, fällt sie mir ins Wort, »das verwunschene Schloß, mein Herr.«

»Stimmt. Und damals saß doch hier ein Fräulein an der Kasse, ein anderes Fräulein, wie soll ich sie Ihnen nur beschreiben« –

»Ich weiß schon«, unterbricht sie mich wieder, »aber jenes Fräulein ist jetzt nicht mehr bei uns.«

»Sondern?«

»Darüber kann ich Ihnen leider keine Auskunft geben, ich

hab auch keine Ahnung. Doch bemühen Sie sich bitte ins Büro, sehen Sie drüben die weiße Wand und die schwarze Tür – die werdens wahrscheinlich wissen, wo das Fräulein jetzt steckt.«

Ich bedanke mich und geh auf die weiße Wand zu.

An der Türe steht: Nicht klopfen!

Ich klopf also nicht, sondern trete gleich ein, aber eine schrille Stimme kreischt mich an:

»Können Sie nicht klopfen?!«

Ich wollt schon grob erwidern, da seh ich, wer vor mir steht.

Es ist ein Zwerg, ein Liliputaner.

Er hat ein verkniffenes, boshaftes Gesicht. Kein Wunder, er ärgert sich halt immer, daß er so klein geblieben ist.

Er scheint gerade auf und ab gegangen zu sein, der Liliputaner, und er hielt inne, da ich eintrat. Ich bemerke erst jetzt einen zweiten Menschen – der steht vor einem Pult und schreibt in dicken Büchern, eine Art Buchhalter oder so. Er betrachtet mich über seine Brille hinweg.

Der Zwerg winkt ihm mit einer herrischen Geste, dreht mir ostentativ den Rücken und blättert wichtigtuerisch in Papieren. »Sie wünschen?« erkundigt sich der Buchhalter.

Ich frage nach dem Fräulein, aber ich komme nicht weit –

Mit einem Ruck dreht sich der Zwerg um und sagt: »Ah« –

Er sagt das gedehnt und fixiert mich. Dann grinst er. Und auch der Buchhalter grinst.

Was haben denn die beiden. Was soll das?

Der Zwerg mustert mich noch immer und meint dann ironisch: »Also Sie sind derjenige, welcher« –

Welcher? Wieso?

»Sie mußten in den Krieg?« fährt er mit seiner Fragerei fort.

»Ja, das heißt: ich ging als Freiwilliger« –

Der Zwerg unterbricht mich mit einer Handbewegung, als wollte er sagen, lassen wir das, das kennen wir schon, wir sind unter uns –

Er betrachtet mich wieder von oben bis unten und sagt dann zum Buchhalter: »Er ist es.«
Der Buchhalter kichert wie eine alte Jungfer.
Mir wirds zu dumm.
»Wer bin ich?« frag ich fast drohend.
»Sie sind ein Soldat, mein Herr«, antwortet der Liliputaner mit einer spöttischen Höflichkeit, »und das Fräulein, nach dem Sie sich erkundigen, das hatte sich nämlich in einen Herrn Soldaten verliebt, anscheinend gleich so auf den ersten Blick, sie soll ihn kaum gekannt haben, wahrscheinlich nur so vom Sehen aus – na und dann ist halt eines Tages jener Herr Soldat nicht mehr erschienen.«
Ich starre ihn an.
»Sie hat geschrieben?«
»In einer Tour, aber er hat nicht geantwortet. Nicht eine Zeile, mein Herr« –
Der Buchhalter kichert noch immer. Schadenfroh, sehr schadenfroh.
»In einem Krieg gehen eben oft viele Briefe verloren«, meint der Zwerg und lacht kurz.
Mir wirds ganz wirr im Kopf.
Sie hat mir geschrieben? Gleich auf den ersten Blick?
Woher wußte sie denn meinen Namen, wer ich bin und dergleichen –
Wahrscheinlich nur so vom Sehen aus?
Ausgeschlossen! Ausgeschlossen –
Und ich sage: »Meine Herren, hier scheint eine Verwechslung vorzuliegen« –
»Kaum!« fällt mir der Zwerg ins Wort.
»Aber das ist doch unmöglich« –
»Es ist alles möglich!«
»Nein, das kann ich nicht glauben, das kann nicht sein!«
»Moment, mein Herr!« unterbricht mich wieder der Zwerg. »Wir sind hier kein Auskunftsbüro und haben zu arbeiten. Bitte, überzeugen Sie sich selbst, der Herr Buchhalter wird Ihnen die Adresse der Dame geben« –

Er verbeugt sich knapp und geht durch eine Tapetentür.
Ich schau ihm nach, und der Buchhalter blättert in einer Kartothek.
»Wer war denn dieser kleine Herr?« frage ich automatisch.
»Der Direktor unserer Liliputanergruppe.«
Aha.
Ich warte auf die Adresse.
Und auf ihren Namen.
Wie wird sie wohl heißen?
Eulalia?
Ich muß grinsen.
Nein, das kann ich wirklich nicht glauben, daß ich es bin, dem sie geschrieben hat – sie wird einem anderen Soldaten geschrieben haben, aber ich werde der Sache mal nachgehen, obwohls doch nur eine einfache Verwechslung sein kann.
Mir wars ja schon im Frühjahr klar, daß sie bereits einen haben mußte, irgendeinen Budenkönig.
Ich dachte an einen Seiltänzer, Messerschlucker, dummen August – aber ein Soldat, das fiel mir nicht ein.
Eher noch ein Liliputaner – sofern er nämlich nach Geld stinkt.
Doch jetzt will ich, wie gesagt, der Sache nachgehen, denn wenn ich mich nicht verwechsle, dann wärs allerdings ein Traum.
Der Buchhalter blättert noch immer, und ich schau mich in seinem Büro um.
An den Wänden hängen Plakate, Zirkus und so. Eine Dompteuse zum Beispiel. Mit bengalischen Königstigern.
Ein Balance-Akt und ein Magier.
Ein brauner und ein weißer Bär.
Und die dickste Dame der Welt.
Nein, die wär nichts für meinen Arm –
»Hier«, höre ich plötzlich den Buchhalter, »jetzt haben wir sie endlich, diese verflixte Adresse – einen Augenblick, ich schreib sie Ihnen nur auf!«
»Danke vielmals« –

»Keine Ursache!«

Er nimmt seine Brille ab, setzt sich eine schärfere auf, und während er die Adresse meines Fräuleins auf einen Zettel schreibt, meint er so nebenbei: »Das war ein braves Fräulein, ein freundliches. Sie tat mir sehr leid« –

»Warum?«

Er lächelt sonderbar. »Sie wurde eben krank, und da hat man sie entlassen.«

»Krank?!«

»Jaja, ziemlich« – er kichert wieder, und es wird mir unangenehm.

»Was hat ihr denn gefehlt?«

»Mein Gott«, sagt er, »nichts Besonderes« –

Jetzt hat er meinen Zettel fertig, er erhebt sich, nimmt die Brille ab und wendet sich mir zu –

Er stockt und glotzt mich mit seinen wässerigen Augen entsetzt an.

Oder ist er nur kurzsichtig?

Nein, er hat Angst.

Warum?

Ich lasse ihn nicht aus den Augen.

Langsam reicht er mir den Zettel, fast zögernd, als fürchte er sich, mir den Zettel zu geben –

»Hier«, sagt er, und seine Stimme klingt plötzlich anders, hohl, wie aus einer Gruft.

Ich nehm ihm den Zettel ab und lese das erste Wort:

Anna –

Anna, die Soldatenbraut

Gott hat mit jedem einzelnen etwas vor, sagte meine dicke Schwester, und ich glaube allmählich, sie hatte recht.

Denn ich trag keine Schuld an dem, was vor einer Stund geschah, es mußte so sein.

Wenn ichs mir jetzt überlege, wieso es dazu gekommen ist,

dann flimmert der Schnee vor meinen Augen, als hätt ich noch Fieber.
Es steht ein Engel in der Nacht und hält meinen Arm in seiner Hand, meinen armen Knochen, den ich diesem Vaterland gab, das seine Ehre verlor, und zwar für immer –
Ja, der Hauptmann hatte recht!
Jetzt ekelts auch mich vor meinem Vaterland –
Die Kirchturmuhr schlug Mitternacht, als ich langsam über den leeren Platz ging, quer hinüber zur »Stadt Paris«.
Als ich eintrat, atmete mein Vater sichtbar auf. »Menschenskind, wo warst denn so lang?!« erkundigte er sich überstürzt. »Ich hab schon die größten Sorgen gehabt, ob dir nicht vielleicht etwas zugestoßen ist, es werden ja täglich mehr Leut überfahren!«
Ich beruhigte ihn – zufällig hätte ich einen Freund getroffen und dieser Freund, der hätt mich ins Kino eingeladen und hinterher auf ein Glas Bier.
Das war natürlich gelogen, aber mein Vater glaubte es mir.
»Hoffentlich hast du schon gegessen«, sagte er, »denn jetzt ist die Küche schon zu« –
»Ich hab keinen Appetit.«
Er sah mich forschend an.
»Du bist doch nicht krank? Paß nur auf mit deiner Verletzung, die ist noch lang nicht in Ordnung – hast du nicht Fieber?«
»Nein.«
»Trau dir nur nicht allzuviel zu! Wart, ich will sehen, ob ich nicht doch noch was Eßbares auftreib, was Kaltes – essen muß der Mensch, sonst geht er vor die Hunde!«
Er verschwand hinter dem Schanktisch, ich zog mir den Mantel aus und setzte mich, wo ich immer saß, gleich neben die Tür.
Es waren nur noch wenig Gäste da, Chauffeure vom nahen Standplatz.
Sie würfelten wie immer.
Hier hast du nun viele Wochen gegessen, denke ich, Mittag

und Abend, wenn auch zu ermäßigten Preisen, aber auf Kosten deines Vaters.
Er ist ein braver, verlogener Mann.
Es wär wirklich arg, wenn ich ihm etwas antun würde.
Denn ich werd vielleicht nimmer lang auf seine Kosten essen können, vielleicht heute nacht zum letztenmal –
Vielleicht kommt sie schon morgen früh, die Polizei, und holt mich ab.
Unsinn! Woher soll denn das die Polizei wissen?
Wer hats denn gesehen?
Kein Mensch.
Aber die Kriminaler sind raffiniert, ich kann mich noch gut erinnern. Es stehen ihnen alle Apparate und Hilfsmittel zur Verfügung, sie bringen ja das Unglaublichste an den Tag, früher oder später – und vielleicht hats doch wer gesehen, jemand, an den man gar nicht denkt, wär ja auch möglich, daß mich einer genau beobachtet hätt, eine Uniform fällt immer auf, besonders eine mit drei Sternen, mit drei silbernen Sternen –
Mein Vater bringt mir Käse und Brot. Und ein Glas Wein von dem Extratropfen.
Ich schau ihn überrascht an. »Wein?«
»Ausnahmsweise!« lächelt er. »Weil ich mich freu, daß du nicht überfahren worden bist, aber dann auch, damit du dich tröstest – erschrick nur nicht! Du hast nämlich heut abend einen Brief bekommen, meine Wirtin ist so lieb gewesen und hat ihn mir extra hergebracht, sie hat nämlich gleich richtig gedacht, daß es etwas Wichtiges sein muß, weil ich doch niemand kenne, der mir schreiben sollte, und es ist auch etwas Wichtiges, doch leider etwas Trauriges« –
»So red doch schon!«
»Nanana, nur nicht gar so ungeduldig! Ich red ja schon! Also, dieser Brief stammt von deiner Hauptmannswitwe, sie schreibt – da lies es übrigens selbst! Mit der Hilfsdienerstellung ist es Essig, nichts zu wollen, nichts zu machen« –
Ich lese den Brief und leg ihn dann weg.

»In Ordnung«, sage ich und beginne den Käse zu essen.
Mein Vater glotzt mich verwundert an.
»In Ordnung, meinst du? Das war doch der letzte Strohhalm, eine Katastrophe« –
»Es gibt ärgere Katastrophen.«
»Kaum, mein liebes Kind, kaum! Was wollen wir denn jetzt anfangen? Du kannst doch nicht bis in alle Ewigkeit hier an diesem Katzentisch essen, ich persönlich hätt ja nichts dagegen – ich zahls ja gern, aber einmal wirds auch damit Schluß! Vergiß nicht, ich bin ein alter Mann, mich kann jeden Tag der Teufel holen, und du, du bist noch jung – du mußt etwas in Angriff nehmen!«
»Franz!« ruft der eine Chauffeur. »Zahlen!«
Mein Vater geht.
Ich esse ruhig meinen Käse und denke: ja, du mußt etwas in Angriff nehmen –
Der Hilfsdiener – der ist vorbei. Der kommt mir ja fast schon komisch vor. In einem eigenen Zimmer zu wohnen, direkt im Amtsgebäude, mit Aussicht auf einen vornehmen Park, in dem sich der Efeu um die alten Bäume rankt – wie lächerlich!
Ich hab mir einen blauen Anzug auf Raten gekauft und dreimal täglich muß ich zur Post – nein, nein, ich bin nicht zum Hilfsdiener geboren!
Ich bin etwas anderes geworden.
Die Hauptsache ist und bleibt: es kommt nicht auf.
Dann wär wirklich alles in Ordnung.
Denn ich hatte ja auch recht mit dem, was ich tat, jawohl: recht!
Ich erinner mich noch genau, wie ekelhaft mir jener Buchhalter war, als ich ihn fragte: »Und was macht sie denn jetzt, das Fräulein Anna?«
Er zuckte nur die Schultern: »Das wissen die Götter!«
Auf die Götter reden sich alle hinaus, aber an den lieben Gott denkt keiner.
Vor vier Stunden dachte ich noch: ausgeschlossen, daß du es

bist, dem sie ihre Briefe schrieb. Woher hätte sie es denn wissen können, wer ich gewesen bin? Sie hätt mir ja seinerzeit heimlich nachschleichen und hätt sich beim Posten in der Kaserne erkundigen müssen, um meinen Namen zu erfahren – nein, das ist ausgeschlossen!

Als ich heut abend den Buchhalter verließ, dachte ich nur: jetzt weißt du es wenigstens, wo sie wohnt. Sie wohnt sehr weit.

Wenn du zu Fuß gehst, brauchst du gut anderthalb Stunden, aber du sparst dabei das Trambahngeld, es dämmert zwar schon, doch die Nacht ist noch fern.

Rasch ging ich die Buden entlang.

Es gibt Millionen Annas auf der Welt, jede ist anders und keine ist die, die du suchst. Blond oder braun oder schwarz – es wird auch rote Annas geben. Dicke und dünne, lange und kurze, ältere und jüngere.

Wieviel Annas hast du denn schon gehabt?

Ich glaub, nur zwei, wenn mich nicht alles täuscht –

Von einigen weiß ichs zwar nicht, wie sie geheißen haben, die kannt ich nämlich nur so für die Nacht.

Wie gehts jetzt wohl deinen beiden gewesenen Annas?

Laßt mich in Ruh!

Ob die noch leben, das ist mir egal, jetzt kümmert mich nur eine dritte Anna –

Warum? Was hast du denn an ihr gefressen?

Vielleicht, weil ich einst um ihretwillen etwas tat, was ich eigentlich nicht tun wollte –

Ich hab ja einst zwei Portionen Eis gefressen.

Spöttel nicht!

Man braucht sich noch lang nicht zu schämen, wenn man sich freut!

Lieben ist keine Schand! –

Rasch ging ich die Straßen entlang.

Die Stadt wurd immer stiller.

Wie kalt einem die Welt werden kann –

Und plötzlich, da flog, ich weiß nicht woher, ein Gedanke in

meine Seele hinein – und es wurd mir so licht und warm, daß ich unwillkürlich stehenblieb.
Ich hatte so etwas Schönes noch nie gesehen.
Es war ein Lied, aber ich konnte die Worte nicht verstehen.
Wer singt denn in meiner Nacht?
Ist das mein Fräulein?
Still, jetzt will sie mir etwas sagen –
»Hör mich an«, sagt sie, »als ich dich damals vor unserem verwunschenen Schlosse sah, dachte ich, du würdest mich wiedererkennen« –
Wiedererkennen?
»Erinner dich, erinner dich – du und ich, wir waren uns ja schon bekannt« –
Schon bekannt?
»Von früher her, von früher – und ich hoffte immer, du würdest wieder zu mir kommen, aber du hast dir nur eine Eintrittskarte gekauft und hast dein Fräulein nimmer gekannt« –
Wer bist du?
»Später, später – damals sagt ich natürlich kein Wort, sondern zeichnete nur meine Linien, denn jeder Mensch hat seinen Stolz« –
Seinen Stolz?
»Kein Wort, kein Wort – geh nur zu, ich wart schon lang auf dich« –
Du wartest?
Ich schau mich um.
Der Wind weht, und der Schnee tanzt.
»Komm nur, komm – du hast nimmer weit.
Siehst du das gelbe Haus vor dir? Dort wohne ich, dort wohne ich« – –
Ja, hier wohnst du. Ich bin am Ziel.
Auf dem Zettel steht im dritten Stock. Hinter welchem Fenster?
Ich weiß es noch nicht –
Im Haustor treff ich die Hausmeisterin. Sie scheuert den Boden. Ich grüße und frage, ob hier das Fräulein wohnt.

Sie glotzt mich an und sagt kein Wort.
Auf einmal schreit sie: »Jesus Maria! Sie sinds?!
Jetzt erkenn ich Sie erst wieder, ich dachte, Sie wären schon tot!«
Was? Ich?!
Tot?!
»Ich dachte, Sie wären im Krieg geblieben«, sagt sie und erhebt sich vom Boden. »Das arme Fräulein hat ja so lang auf einen Brief von Ihnen gewartet« –
Ich starre sie an.
»Sie kennen mich?«
Sie betrachtet mich langsam von oben bis unten. Dann lächelt sie hinterlistig: »Nein, nein, ich will nichts gesagt haben« –
»Wer bin ich denn?«
»Das wird der Herr wohl selber wissen. Auf alle Fäll ist es schön von Ihnen, daß Sie doch noch gekommen sind« –
Sie stockt im Satz und verstummt.
Mir wirds immer wirrer im Kopf, unschlüssig blick ich ins Treppenhaus – und auf einmal kommts mir hier so bekannt vor, als hätt ich dieses Treppenhaus schon einmal geträumt. Richtig, hier kennst du ja alles! Rechts gehen die Stufen empor und links um die Ecke wohnt diese Hausmeisterin und droben gibts einen dunklen Gang mit drei Türen in jedem Stock –
Es wird mir unheimlich.
Wo bin ich da?
»Das Fräulein wohnt jetzt zwar nicht mehr hier«, höre ich die Stimme der Hausmeisterin, »sie ist schon vor einem halben Jahr ausgezogen.«
»Wohin?«
Sie lächelt wieder tückisch. »Gehens nur in den dritten Stock hinauf, die Frau, bei der sie gewohnt hat, die wirds Ihnen schon sagen, wo Sie sie besuchen können – das ärmste Fräulein wird ja eine Riesenfreud haben, wenn Sie wieder auftauchen unter den Lebendigen, besonders nach dem vielen Unglück, das sie hat erdulden müssen« –

»Unglück?«
»Nun ja, einfach wars gerade nicht« –
»Was war nicht einfach?«
Sie schweigt und grinst.
Ich lasse nicht locker.
»So redens doch, ich hab ja keine Ahnung!«
Sie fixiert mich frech.
Dann fängt sie an zu lachen.
»Natürlich, natürlich, die Herren der Schöpfung sind immer absolut unschuldig und haben keine Ahnung, als könntens nicht bis drei zählen, auch mein lieber Herr Mann« –
»Hören Sie«, unterbrech ich sie grob, »was schwätzen Sie da für dummes Zeug?!«
Sie zuckt die Schultern.
»Denkens nur nach, junger Herr, Sie werdens schon erraten« –
»Ich kann nichts erraten!«
»Und ich sag kein Wort mehr, kein Sterbenswort – werd mich hüten! Mit der Sache will ich nichts zu tun haben! Gehens halt hin zu ihr selbst, persönlich, sie wird Ihr Gedächtnis schon auffrischen! Gute Nacht!«
Sie läßt mich stehen und wendet sich wieder ihrem Boden zu. Sie scheuert ihn verbissen.
Ich schau ihr noch ein Weilchen zu, dann geh ich in den dritten Stock hinauf.
Zu der Frau, von der mein Fräulein fortzog.
Wohin denn nur?
Die Hausmeisterin ist eine bissige Bestie –
Es gibt gottlob nicht nur solche, ich kenn auch sehr annehmbare.
Überhaupt gibts zweierlei Menschen.
Aber nur ein Fräulein –
Es ist wahr, dieses Treppenhaus kommt mir wirklich bekannt vor.
Warte nur, bald kennst du dich aus –
Jetzt bin ich im dritten Stock.

Ich läute an der zweiten Tür, wies auf dem Zettel steht.
Eine Dame öffnet ängstlich und ich sehs auf den ersten Blick, daß sie nicht alt werden kann. Ihre Haare sind grau, aber schwarz wie Pech, und sie trägt einen grellen Bademantel – ein altes Stück.
Mißtrauisch mustert sie mich, ich merks ihr an, daß sie ihre Tür zuschlagen würde, wenn ich keine Uniform anhätte.
Aber zur Uniform haben die Leute Vertrauen.
»Sie wünschen?« erkundigt sie sich.
Sie lispelt stark.
»Verzeihen Sie, daß ich noch so spät am Abend störe, ich möchte nämlich nur eine Auskunft« – und ich sage es ihr, daß ich das Fräulein suche.
Sie mustert mich immer mißtrauischer.
»Wen sucht der Herr?«
Ich verbeuge mich.
»Verzeihen Sie, aber diese Hausmeisterin schickt mich zu Ihnen herauf, sie redet so wirres Zeug durcheinander, daß ichs schon selbst nicht mehr weiß, wer ich bin« –
»Darf man fragen«, fällt sie mir ins Wort, »in welchem Verhältnis der Herr zu dem Fräulein steht – ich meine: sind Sie mit ihr verwandt?«
»Die Hausmeisterin meint, ich wär des Fräuleins Bräutigam« –
»Aber, aber!« unterbricht sie mich entrüstet. »Diese unmögliche Person schwätzt wahrlich lauter ungereimtes Zeug, dabei verwechselt sie auch noch alle Leut, mir scheint, die Person ist nicht ganz normal – Sie, mein Herr, sind doch hier kein Bräutigam, der richtige Bräutigam war zwar auch ein Herr vom Militär, aber für diese idiotische Person da drunten ist Uniform eben Uniform, und außerdem kann sie ja auch den richtigen Bräutigam nur einmal gesehen haben, flüchtig, denn er war nur ein einziges Mal hier – ach jaja, Glück währt nur kurze Zeit!«
Sie schweigt.
So, denke ich, also du bist nicht der, dem sie ihre Briefe

schrieb – es war ein anderer Soldat. »Hm«, sag ich nur und eigentümlicherweise ists mir jetzt völlig gleichgültig, ob es ein anderer war oder ich – als wüßt ichs bereits, daß die Hauptsache erst kommt.

»Sie waren auch im Krieg?« fragt mich die Alte interessiert.

»Ja, das heißt: als Freiwilliger« –

Jetzt macht sie eine Handbewegung wie zuvor der Liliputaner. Ja, das kennen wir schon, lassen wir das, wir sind unter uns –

Dann fordert sie mich auf, in ihre Wohnung einzutreten, denn »man könne sich doch nicht mit einem Helden in einem kalten Treppenhaus unterhalten«.

Sie führt mich in ihr Zimmer. »Entschuldigen Sie, daß ich Sie in mein Schlafgemach führe, aber das ist der einzige Raum, den ich heize, obwohl wir ja allerhand erobert haben« --

Sie tut ironisch, und ich tu nichts dagegen.

Ja, wir haben gesiegt!

»Ob wir allerdings die Früchte unserer Siege noch ernten werden«, parliert sie mit mir, »glaub ich kaum. Ich fürchte, fürchte, daß zumindest meine Wenigkeit jene prophezeiten Segnungen nicht mehr erleben wird, man ist ja schon steinalt« –

»Aber gnädige Frau!«

»Nanana!« droht sie mir mit dem Zeigefinger.

»Sie sind mir einer!«

»Ich sag nur die Wahrheit«, lüge ich.

»Das ist sicherlich sehr lobenswert, doch zumeist kein ungefährliches Unterfangen – Schauen Sie, das alles war einst ich!«

Sie deutet auf ihre vier Wände, die sind übersät mit Photographien.

Ich erkenne verschwommen eine junge Frau in weißem Trikot.

Das war einst mein Gegenüber?

Sie nimmt ein Bild von der Wand. »Ich und mein Bruder.«

Eine Artistin?
Trapez und Ringe und Scheinwerfer –
»Mein guter Bruder, er blieb im großen Krieg. Jaja, wir zwei, wir waren mal eine große Nummer – gesucht, sehr gesucht! Ich bin damals noch ein Kind gewesen.«
Ein Kind?
Also das ist übertrieben.
Nein, mit einem solchen Busen warst du sicher schon achtzehn. Und ich rechne rasch nach, wie alt dies Kind heutzutag sein muß.
»Das waren noch Zeiten!« seufzt sie. »Aber heutzutag? Was leisten schon diese neumodischen Artisten? Alles Bluff! Eine hübsche Larve, das genügt! – doch ich rede und rede da von mir und meinen privaten Interessensphären, und wir kommen dabei ganz ab vom Zweck Ihres Besuches! Sie wollten sich doch nach dem armen Fräulein Anna erkundigen? Nun, verzeihen Sie meine Indiskretion, aber ich möchte es natürlich aus diversen Beweggründen heraus gerne wissen, warum, das heißt: wieso, mit welchem Recht Sie das interessiert? Sind Sie mit dem Fräulein verwandt?«
Ich? Was soll ich nur sagen?
Irgendwie muß ich zu ihr gehören, sonst wär ich ja jetzt nicht da – aber verwandt?
Ich möchte grinsen, aber das alte Kind beobachtet mich scharf, fast lauernd. Und ich sage ohne mit der Wimper zu zucken:
»Ich bin ihr Bruder.«
»Ihr Bruder?!«
»Ja.«
»Nicht möglich!«
»Warum nicht?«
Sie gibt keine Antwort vor lauter Überraschung. Wir schweigen.
»Also Sie sind der Bruder«, fängt sie endlich wieder an, »und Sie haben sich nicht um Ihre Schwester gekümmert« –
»Ich hatte keine Zeit.«
»Ausreden! Nichts als Ausreden! Für einen Menschen muß

man immer Zeit haben – der Mensch kommt an erster Stelle und dann kommt erst alles andere!«

»Möglich« –

»Sicher! Wo kämen wir denn sonst hin?«

Ja, wohin?

So frag ich mich, und der Nebel wird immer gelber –

Dick und schmutzig, so senkt er sich auf meine Seele.

Es wächst ein Baum, ein toter Baum.

Am Rande eines hohen Plateaus.

Um uns gähnen Abgründe, und drunten rauschen die Wasser –

Wir haben fünf Menschen gefangen, jetzt hängen wir sie an den Baum.

Zuerst den Ältesten, dann den Jüngsten.

Denn dem Alter gebührt der Vortritt.

Wir säubern, wir säubern!

Und der Hauptmann reißt einen Stern herunter, einen silbernen Stern –

Hauptmann, Hauptmann, was schreibst du nur in deinem Brief?

»Wir sind keine Soldaten mehr, sondern elende Räuber, feige Mörder. Wir kämpfen nicht ehrlich gegen einen Feind, sondern tückisch und niederträchtig gegen Kinder, Weiber und Verwundete« –

Komisch, ich weiß noch jedes Wort!

Es ist mir geblieben.

Und die Krähen, sie ziehen wieder vorbei, und der Hauptmann, er ist von uns gegangen –

Er sah weder rechts noch links.

Jetzt sitzt er auf einem Stein und zeichnet mit seinem Säbel in den Sand. Er will mich nicht sehen.

Was zeichnet er dort?

Linien?

Und wie ich mich so frage, wird der dicke Nebel dünn, der Schmutz weiß, und auf einmal wirds mir klar:

Immer, wenn es mir heimlich einfiel, jetzt geschieht etwas

Niederträchtiges, dann fiel mir auch sie wieder ein, meine liebe Schwester, dann mußt ich immer denken: eigentlich wollt ich zu dir –

»Wenn der Herr Bruder früher gekommen wären«, höre ich die Stimme meines Gegenübers, »dann wäre vielleicht alles anders gekommen, dieses ganze Unglück.«

»Unglück?«

»Es tut mir sehr leid, daß ausgerechnet ich vom Schicksal dazu ausersehen wurde, es Ihnen mitzuteilen, aber mit dem Schicksal läßt sichs bekanntlich nicht streiten – kurz und gut: es ist eine böse Sache und ist dennoch mit paar Worten erzählt. Ihre arme Schwester hatte eine ganz hübsche Anstellung« –

»Im verwunschenen Schloß« –

»Jawohl, aber eines schönen Tages wurde sie abgebaut« –

»Wegen der Autohalle?«

»Autohalle? Aber nein! Sie wurde fristlos entlassen, weil sie etwas erwartete, etwas Kleines – ein Kind.«

»Ein Kind?!«

»Ja, und unter solch gesegneten Umständen hätte sie ihren Dienst naturnotwendig nicht immer auf die Minute pünktlich versehen können, sie hätte vielleicht mal ab und zu einen halben Tag pausieren müssen, und deswegen hat sie die Firma abgebaut. Die Firma hätte es zwar überhaupt nicht gespürt, wenn sie mal ein paar Groschen für eine Aushilfe draufgezahlt hätte, Sie müssen nämlich wissen, daß das eine sehr große Gesellschaft ist, den Leuten gehört dort fast die halbe Allee, jede größere Sehenswürdigkeit, sie konnten sich eben in unseren fortwährenden Krisenzeiten alles zusammenkaufen – aber so sind nun mal diese Leute, die keine Rücksicht auf den einzelnen Menschen nehmen, sie bauen und bauen ab, ob dabei einer unter die Räder kommt, was kümmert sies? Es gibt noch genug, meinen sie, genug, die sichs gefallen lassen – und obendrein war doch der Vater des Kindes sogar ein Soldat, ein tapferer Vaterlandsverteidiger, auch solch ein berühmter ›Freiwilliger‹!

Ihre arme Schwester, sie hat ihm in einer Tour geschrieben und nie eine Antwort erhalten – wieso denn auch? Eines Tages kamen alle ihre Briefe ungeöffnet zurück mit einem staatlichen Begleitschreiben: Adressat bei einer militärischen Übung tödlich verunglückt. Da war sie natürlich riesig verzweifelt, sie hatte ja nichts, kein Geld, keine Stellung – ja, und da hat sie sich eben leider zu einer Dummheit hinreißen lassen, zu einer unüberlegten Dummheit. Sie ließ sich von irgendeiner obskuren Person das Kind wegnehmen, die Sache kam ans Licht und jetzt, jetzt sitzt sie.«

»Sitzt?«

»Stellen Sie sichs vor: zwei Jahre hat sie bekommen!«

»Zwei Jahre?!«

»Es ist schrecklich« –

Wir schweigen.

Mir fällt der Liliputaner ein.

Er ist der Direktor der Liliputanertruppe –

Sicher ist er auch finanziell an der Firma beteiligt, sonst hätt er sich nicht so herrisch benommen. Er hat ein verkniffenes, boshaftes Gesicht – keine Wunder, er ärgert sich halt immer, daß er so klein geblieben ist. Und seine Wut, die läßt er an den anderen aus.

Er baut ab.

Rücksichtslos.

Man müßt ihm eins auf den Schädel geben –

Einem Zwerg?

Willst du einen Krüppel schlagen?

Warum nicht?

»Vielleicht wär, wie gesagt, alles anders gekommen, wenn der Herr Bruder früher gekommen wär«, schwätzt die Alte weiter. »Ich sags ja immer, es wär vieles besser auf der Welt, wenn sich die Männer mehr um die Weiber kümmerten, anstatt daß sie sich nur um sich selber kümmern. Der liebe Gott hat Adam und Eva erschaffen und nicht Regimenter, Kompanien und Divisionen« –

»Wo sitzt sie denn?« frage ich.

»Am anderen Ende der Welt, sonst hätt ich die Ärmste schon längst besucht, jeden dritten Monat hat sie nämlich einen Besuchstag – auf alle Fälle: schreiben Sie ihr doch gleich einen lieben Brief?«
»Ja, schreiben werde ich auch« –
Ich erhebe mich, und sie begleitet mich aus dem Zimmer.
»Da reden die Zeitungen in jeder Nummer vom Geburtenrückgang und Schutz des keimenden Lebens der ungeborenen Volksgenossen, vom drohenden Volkstod und dergleichen, aber ein armes Mädel wird auf die Straße gesetzt, wenn sie Mutter zu werden droht – hier sollten unsere Führer mal eingreifen!«
Ich muß grinsen.
»Greifen sie denn nicht ein?«
»Lieber Herr, wo leben Sie? Auf dem Mond?«
»Nein, nicht mehr« –
»Bei uns hier unten auf der Erde kann eine stellungslose Mutter mit Kind im günstigsten Falle eine kleine Rente bekommen, von der weder Mutter noch Kind leben können, vorausgesetzt, daß sie nicht einen Menschen haben, bei dem sie essen und wohnen können – hören Sie das zum erstenmal, weil Sie mich so perplex betrachten?«
»Nein«, sage ich und sehe meinen Vater vor mir. Er hinkt. Und meine Rente. Die hinkt noch mehr.
Wir stehen nun im Treppenhaus.
»Unsere Führer«, sage ich langsam, »sind eben große Betrüger« –
»Pst!« fällt sie mir erschrocken ins Wort und sieht sich ängstlich um. »Um Gotteswillen, nicht so laut! Und noch dazu in Uniform – geben Sie acht!«
»Ja.«
»Es hätt auch wenig Sinn« –
»Möglich.«
Leben Sie wohl – und kümmern Sie sich selber um Ihre Schwester!«
»Gute Nacht, gnädige Frau!«

Ich geh das Treppenhaus hinab – Stufe für Stufe.
Ruhig, sehr ruhig.
Man merkt mir nichts an.
Aber drinnen in mir sitzt eine schreckliche Wut, ein entsetzlicher Haß –
Jetzt möcht ich säubern!
Säubern, daß die Fetzen fliegen!
Jetzt möcht ich ein Flieger sein, ein schwerer Bomber, und über unseren Führern kreisen –
Wenn sie alle beieinander hocken und das Land verteilen, das kleine Land, das auch ich euch holte.
Jenes lebensunfähige Gebilde, beherrscht von einer kläglichen Regierung, die immer nur den sogenannten Rechtsstandpunkt vertritt –
Ein lächerlicher Standpunkt – wie?
Das glaub ich euch gern!
Sagt, ihr Führer tief unter mir, wer kriegt wohl jenes eroberte Land?
Wer kriegt das Erz, das Fett, das Brot?
Wer?!
Ich seh nur ein Zuchthaus.
Ihr redet immer von einer welthistorischen Sendung –
Ihr habt keine welthistorische Sendung zu haben!
Macht uns nicht blöd, wenn ihr stehlen wollt! –
Rasch geh ich durch die dunkle Nacht, wieder zum Hafen hinab.
In das Reich des Liliputaners.
Denn ich will seine Firma zur Rede stellen, warum sie ein Fräulein entlassen hat.
Es geht mich zwar direkt nichts an, aber man kann doch nicht alles hinnehmen! Wer läßt sich alles bieten?
Ein Schuft.
Und ich bin kein Schuft, mein Herz ist ein schwarzes Meer.
Unter einem wilden Himmel.
Die Wolken, sie ziehen so zornig dahin –
Gib acht, gib acht!

Du hast noch die Uniform an, und es kostet dich den Kopf.
Laß dir nichts anmerken –
Deck es zu, dein Meer und deinen Himmel!
Verstell dich, bis du dich beruhigt hast!
Verstell dich! – –
Ich geh an der Autohalle vorbei, da rodeln die letzten Gäste im Kreis.
Viel Vergnügen!
Und dort ist die weiße Wand mit der schwarzen Tür.
Sie ist schon zu.
»Wann ist denn hier wieder jemand?« frage ich einen Schaukelburschen.
»Morgen um acht.«
Schön, dann werde ich morgen wiederkommen. –
Langsam wander ich die Allee zurück, denn heut hab ich nichts mehr zu verlieren.
Die meisten Buden sind schon zu. Die Messerschlucker und Feuerfresser, sie schlucken und fressen nicht mehr. Die Frau mit dem Bart, der Mann mit dem Löwenkopf und die dickste Dame der Welt, sie liegen schon in ihren Bettchen und träumen blauen Dunst.
Nur ein kleiner Affe friert noch in der Nacht.
Er möchte um die Wette zittern, aber es ist kein zweiter Affe da, mit dem er zittern könnte.
Die Pferde im Hippodrom, sie stehen bereits im Stall, und auch die Schießbuden schließen schon.
Jetzt werden die Tage immer kürzer.
Links fällt ein Licht auf den Schnee. Aus einem Bierpalast.
Der bleibt natürlich ewig offen – dort kauf ich mir jetzt ein Glas.
Es wär schön, wenn man sich wieder mal einen richtigen Rausch leisten könnte, um wieder eine Zukunft zu spüren –
Ich leg schon die Hand auf die Klinke, da halt ich im letzten Moment.
Denn drinnen in diesem Bierpalast erblick ich einen alten Bekannten.

Den Mann, der mir den Zettel gab – mit der Adresse meiner Schwester.
Er ist es, der Buchhalter.
Er verzehrt gerade einen Hering.
Wie fein der frißt – oder scheints mir nur so, weil er kurzsichtig ist?
Er wußte es natürlich, warum sie ihre Stellung verlor, er wußte es genau –
Er hat doch auch gesagt: »Das Fräulein wurde krank.« Und ich hab gefragt: »Was hat ihr gefehlt?« Und er hat gesagt: »Nichts Besonderes« –
Nichts Besonderes? Na warte nur!
Er frißt noch immer.
Ich sehe, daß er Pulswärmer trägt, damit er nicht friert.
Und ich muß plötzlich denken, du sollst frieren. Und du sollst auch keinen Hering fressen.
Er wirft einen Blick auf die Glastür und zuckt etwas zusammen. Der Bissen fällt von seiner Gabel. Hat er mich erkannt?
Er sah gleich wieder weg –
Jawohl, er weiß es, wer ich bin – trotz seiner Kurzsichtigkeit.
Jetzt läßt er den Hering stehen –
Ist dir der Appetit vergangen?
Er steht auf von seinem Tisch, doch er bleibt noch im Bierpalast, obwohl er sich nichts mehr kauft. Er kommt und kommt nicht, nur ab und zu blickt er verstohlen nach der Glastür, ob ich noch vorhanden bin.
Ja, ich bin noch draußen und geh nicht hinein.
Ich warte, bis der Herr zu erscheinen geruht –
Denn ich will dich nun unter vier Augen fragen, warum ihr das Fräulein entlassen habt.
Unter vier Augen, denn es besteht die Möglichkeit, daß ich dir eine herunterhau.
Warte nur, dich bring ich schon heraus! –
Ich verlasse die Türe und geh ein paar Schritte nach rechts – jetzt wird er denken, ich bin fort.

Ich drücke mich an die Wand.
Die Tür geht auf, es erscheint aber nur ein Betrunkener.
Er singt vor sich hin und torkelt der Heimat zu. Endlich kommt mein Mann.
Mißtrauisch bleibt er in der Türe stehen und sieht sich um – ja, du weißt es genau, daß es eine Schweinerei gewesen ist –
Er kann mich nicht sehen.
Ich steh im Schatten einer Schaukel.
Plötzlich geht er los – nach links.
Ich geh ihm nach.
Er biegt in eine Seitenstraße – die kenn ich noch nicht.
Es kommen zwei kleine Brücken, hier ist alles Kanal.
Wir sind hinter den Häusern, lauter Magazine –
Jetzt geht er an einem Zaun entlang.
Geh nur zu, ich hol dich schon! Es weht ein kalter Wind.
»Herr Buchhalter!« rufe ich. »Einen Moment!«
Er sieht sich um, erblickt mich und erschrickt –
Er beginnt noch rascher zu werden.
Nun bin ich schon dicht hinter ihm.
»Sie gehen schnell«, sage ich, »aber ich kann auch schnell gehen« –
Mit zwei Schritten steh ich vor ihm und versperr ihm den Weg.
Jetzt muß er halten.
»Was wollen Sie denn von mir?« fragt er und sieht sich nach einem Menschen um. Doch es kommt niemand mehr, es bleiben nur wir zwei.
»Ich möcht Sie etwas fragen, was die Firma betrifft« –
»Kommen Sie morgen ins Büro«, fällt er mir ins Wort und versucht krampfhaft sicher zu scheinen.
»Morgen?« grinse ich. »Wer weiß, ob ich morgen noch leb!«
»Das wollen wir doch nicht hoffen«, sagt er und lächelt ängstlich.
»Hören Sie«, sage ich streng, »es dreht sich um das Fräulein aus dem verwunschenen Schloß. Sie sagten mir heut nachmittag, das Fräulein sei seinerzeit krank geworden« –

»Leider, leider« –
»Sie wußten es, was ihr gefehlt hat?«
Er starrt mich einen Augenblick an, dann fährt er sich mit der Hand über die Augen und blickt zum Himmel empor – suchst du dort Hilfe? Such nur, jetzt gehörst du mir!
Plötzlich gibt er sich einen Ruck und erkundigt sich kleinlaut:
»Verzeihen Sie – sind Sie tatsächlich der Herr Papa?«
»Nein.«
»Nein?« fragt er gedehnt und mustert mich.
Er wird frech.
»Was geht denn dann Sie jenes Fräulein an?«
»Es geht mich was an und Schluß!«
»Lassen Sie mich weiter!«
»Noch nicht! Sie finden es also in Ordnung, daß jenes Fräulein entlassen wurde?«
»Ich weiß nicht, was Sie von mir wollen« –
»Antwort will ich haben!«
»Bitte, bitte! Da das Fräulein Anna ihren Dienst nicht mehr korrekt bewältigen konnte, mußten wir sie natürlich abbauen. Vergessen Sie doch nicht, wir sind eine große Firma und tragen also auch eine große Verantwortung« –
»Für wen?«
»Wir haben für rund 240 Personen zu sorgen, Angestellte, Artisten und dergleichen – in einem solchen Zusammenhang kann es niemand von uns verlangen, daß wir uns um jeden einzelnen kümmern« –
»Warum nicht?«
»Weil der einzelne keine Rolle mehr spielt.«
Ich starre ihn an.
Keine Rolle?
Das hab ich doch auch mal einst gesagt –
Wie dumm, wie dumm!
»Wir müssen rentabel bleiben«, redet er weiter, »auch der geschäftliche Konkurrenzkampf ist nur ein Krieg, mein Herr, und ein Krieg läßt sich bekanntlich mit Glacéhandschuhen nicht gewinnen, das sollten Sie eigentlich schon wissen« –

Mit Glacéhandschuhen? Das waren doch meine Worte –
Als der Hauptmann schrie, ein Soldat sei kein Verbrecher.
Der Buchhalter schaut mich einen Augenblick höhnisch an und kichert. Oder schiens mir nur so?
Dann redet er weiter sein Zeug, und ich höre mich, höre mich –
All die hohlen Sprüche und Phrasen, unverschämt und überheblich, nachgeplappert, nachgebetet. – Es wird mir übel vor mir selbst.
Mich ekelts vor meinem Schatten der Vergangenheit. Ja, der Hauptmann hatte recht!
Ich haßte das bequeme Leben und schwärmte für das unbequeme –
Was war ich für ein Lügner!
Jawohl, ein feiger Lügner – denn wie bequem ist es doch, seine Untaten mit dem Vaterland zu verhüllen, als wär das ein weißer Mantel der Unschuld!
Als blieb eine Untat kein Verbrechen, ob im Dienste des Vaterlandes oder irgendeiner anderen Firma –
Verbrechen bleibt Verbrechen, und vor einem gerechten Richter zerfällt jede Firma zu nichts.
Für das Gute und für das Böse, da hat sich nur der einzelne zu verantworten und keinerlei Vaterland zwischen Himmel und Hölle.
Was war doch mein heißgeliebtes unbequemes Dasein für ein verlogener bequemer Morast!
Ich stand in Reih und Glied, und es kam mir nicht darauf an, ob meine Schwester sitzt oder nicht.
Pfui Teufel, was war ich für ein Vieh!
Nein, ich war kein Mensch!
Wenn ich mir heute begegnen würde, so wie ich damals gewesen bin, ich glaube, ich könnte mich selber erschlagen –
Und dieses kurzsichtige Luder vor mir, jetzt sagt er sogar: »Der Krieg ist der Vater aller Dinge« –
»Ruhe!« unterbreche ich ihn schroff. »Wissen Sie denn, was mit dem Fräulein geschah?«

»Keine Ahnung!«
»Sie wurde eingesperrt.«
»Eingesperrt? Warum?«
»Zu guter Letzt, weil sie ihre Stellung verloren hat« –
»Das tut mir leid.«
Leid?
Er sagt es, aber es scheint ihm doch Spaß zu machen, daß sie leiden muß, denn er schaut gar so zufrieden und gesichert drein – als hätt er mich ganz vergessen.
Aber ich bin noch da und lasse dich nicht aus den Augen.
Jetzt zuckt er die Schultern.
»Lieber Herr, es bleibt dabei: auf den einzelnen Menschen kommts leider nicht an« –
Er lächelt und ich muß denken: du bist eine Kreatur, eine verlogene Kreatur –
Mich wunderts, daß ich so ruhig bin.
»Sie sind ein Hund«, sage ich.
Er glotzt mich an, als hätt er falsch verstanden, aber dann braust er auf: »Erlauben Sie« –
»Ich erlaub Ihnen gar nichts, denn Sie sind ein Hund, jawohl, ein blöder Hund, der nicht denkt, daß er eines schönen Tages genauso seine Stellung verlieren könnt wie jenes Fräulein, weil es ja auf den einzelnen ›leider‹ nicht ankommt!«
Er mustert mich gehässig.
»Junger Mann«, sagt er, »vergleichen Sie mich nicht mit irgendeiner erstbesten Angestellten. Ich bin der Oberbuchhalter und bereits seit sechsunddreißig Jahren bei derselben Firma« –
»Deshalb sind Sie auch nicht mehr!«
»Oho, junger Mann!«
Jetzt grinst er höhnisch.
»Und außerdem vergessen Sie, daß ich nicht in der Lage wär, in gesegnete Umstände zu geraten« –
Er kichert, und es wird mir rot vor den Augen.
Ich pack ihn an seinem Kragen und schlag ihm die Faust ins Gesicht – seine Brille fällt zu Boden.

»Sie schlagen mich?!« brüllt er. »Sie schlagen einen alten Mann?! Hilfe! Hilfe!«
Ich stürz mich auf ihn und halt ihm den Mund zu, er krallt sich in meinen Mantel und ich versetz ihm noch ein paar Hiebe – Er torkelt.
Auf einmal erblick ich den Kanal.
War denn der immer schon da?
Er beißt mich in die Hand.
Wart, du Schuft! Weg mit dir!
In den Kanal, in den Kanal –
Weg! – – –
Ich schau mich nicht mehr um.
Der Wind weht und der Schnee tanzt – ich ging in die »Stadt Paris«.
Seine Brille, die hob ich auf und warf sie ihm nach. Damit er den Schlamm besser sieht.
Jetzt wird ers ja schon gesehen haben, ob ein einzelner keine Rolle spielt.
Es geht mir ganz gut.
Denn jeder, der da sagt, auf den einzelnen kommt es nicht an, der gehört weg.

Der Schneemann

Zwei Tage sind vorbei, und heut bin ich wieder der alte.
Gestern und vorgestern war ich nämlich schon sehr unruhig vor lauter Unsicherheit, ob es nämlich aufkommt oder nicht, daß ich es gewesen bin. Ich fing sogar schon wieder an, mit dem lieben Gott zu reden.
Man muß ihm etwas geben, erinnerte ich mich dunkel, irgend etwas, und wärs das kleinste, er ist für alles dankbar –
Als wär er ein Bettler.
Schenk ihm etwas –
Schenk dem ersten Bettler, der dir begegnet, schenk ihm fünf Taler –

Doch halt! Du hast ja nur noch einen.
Aber auch ein Taler ist viel Geld und er wird für dich immer mehr.
Schenk alles dem ersten Bettler, damit es nicht ans Licht kommt!
So ging ich ruhelos durch die Stadt, aber ich traf nirgends einen Bettler, als hätte sie alle die Hölle verschluckt, die Herrschaften wollten ancheinend nichts mehr von mir wissen –
Und das war auch sehr gut so, denn im heutigen Morgenblatt steht endlich eine kurze Notiz, daß ein Buchhalter auf dem Heimweg tödlich verunglückt ist. Infolge seiner starken Kurzsichtigkeit scheint er in der herrschenden Finsternis auf dem vereisten Gehsteig ausgeglitten und in den Kanal gestürzt zu sein. Er hinterläßt eine trauernde Witwe, einen verheirateten Sohn und zwei ledige Töchter.
Ja, es kommt nicht auf.
Es gibt doch noch eine höhere Gerechtigkeit.
Und das Morgenblatt fragt die zuständige Behörde: wann kommt endlich das Geländer am Kanal?
Ja, wann?
Jetzt ist es Nachmittag – vor zwei Tagen um diese Zeit war es noch hell.
Über Nacht ist es Winter geworden, und die Eisblumen blühen im Fenster.
Ich sitze im Zimmer meines Vaters und habe gerade einen Brief geschrieben, einen Brief an das Fräulein, das meine Schwester geworden war.
»Wertes Fräulein«, hab ich geschrieben, »Sie werden sich wahrscheinlich nicht mehr an mich erinnern, aber ich wollt Ihnen immer schon schreiben. Ich war Soldat und war einst gerne Soldat. Zwar kenn ich Sie nur vom Sehen aus, aber ich hab oft an Sie gedacht und hab Sie auch überall gesucht. Heute kenne ich Ihr trauriges Unglück und vertrauen Sie mir, daß ich Sie nicht vergessen werde und Ihnen immer nach besten Kräften helfen will, denn ich liebe die Gerechtigkeit« –

Ich klebe den Brief zu und geh hinab auf die Straße, um ihn aufzugeben.
Seit gestern ist es bitterkalt.
Die Luft verdämmert dunkelblau – ja, jetzt regiert das Eis.
Und da ich den Brief in den Kasten warf, hielt ich nichts mehr in der Hand. Die Hand gehört zu meinem Arm, und den werd ich wohl nie verschmerzen, solang ich noch zu leben hab.
Der wird mir keine Ruhe geben –
Wer weiß, ob sie meinen Brief bekommt.
Wer weiß, ob sie antworten wird.
Sie darf es ja nie erfahren, was ich ihretwegen schon alles tat.
Denn das wär zu gefährlich für mich.
Weiber schwätzen immer –
Und was hat sie denn auch davon, daß die Behörde noch immer kein Geländer gebaut hat? Egal!
Ob es ihr nützt oder nicht: es kümmert mich nicht, was werden soll, es kümmert mich nur, was nicht sein darf.
Es darf nicht sein, daß der einzelne keine Rolle spielt, und wärs auch nur ein letztes Fräulein.
Und jeder, der das Gegenteil behauptet, der gehört ausradiert – mit Haut und Haar!
Was hinterher kommt, das steckt noch im Nebel der Zukunft.
Jetzt ist er fort, mein Brief. –
So geh ich die Straßen entlang.
Langsam oder schnell, es wird mir nicht klar, und ich versuche alles in mir zu ordnen, aber so sehr ich mich auch anstreng, immer wieder muß ich von vorne beginnen und plötzlich fühl ich mich ganz verlassen, als wär das Herz hinaus aus mir – vielleicht auf Nimmerwiedersehen.
Einst dachte ich, mit dem Haß werden wir weiterkommen.
Da marschiert ich in Reih und Glied –
Wie dumm ich war, wie dumm ich war!
Denn wenn auch immer einer neben dir marschiert, rechts

und links, Tag und Nacht, so bleibst du doch immer ein einsamer Gletscher.
Und die Berge, sie wachsen Tag und Nacht, aber du, du gehst zurück.
Du ziehst dich in dich hinein und hockst in dir drinnen wie eine alte Eule.
Am Tag bist du blind, und in der Nacht fängst du nichts.
Denn wo du umherfliegst, hört das Leben auf.
Verhunger oder friß dich selbst! –
Ich halte und schau mich um.
Wohin geh ich da eigentlich?
Du bist schon so weit von zu Haus –
Kehr um!
Du bist ja bereits so müde geworden – natürlich, natürlich, kein Wunder! Das ist nur das Resultat dieser beiden letzten Tage und besonders der Nächte, die möcht ich nicht noch einmal haben, es strengt nämlich an, wenn man sich fürchtet.
Unwillkürlich muß ich lächeln.
Jetzt ist ja alles in Ordnung!
Er ist auf dem vereisten Gehsteig ausgeglitten usw., usw.
Geh nur zu –
Bleib noch etwas an der Luft, damit du besser schlafen kannst.
Ich kehre nicht um, und die Häuser werden weniger.
Rechts beginnt ein eiserner Zaun und hinter ihm stehen viele weiße Bäume und Sträucher, groß und klein –
Aha, ein Park.
Es ist niemand zu sehen, und ich atme tief.
Es riecht nach Schnee.
Hier ist es wirklich schön.
Ein hohes Tor taucht vor mir auf, und auf dem Tor hängt eine Tafel: »Geöffnet von 8 Uhr früh bis zum Einbruch der Dunkelheit.«
Es ist zwar schon dunkel geworden, aber das Tor ist noch offen – komm, tritt sein!
Die silbernen Sternlein funkeln so klar, als wär der Himmel

schwarzer Samt. Aber im Osten hängt eine Wolkenwand, ein ganzes Wolkengebirge – jaja, es wird wieder schneien in der Nacht.
Und wie ich so durch den Park geh, wirds mir ganz eigen zumut, denn wenn mich nicht alles täuscht, muß nach der nächsten Ecke ein Kinderspielplatz kommen – richtig, da kommt er auch schon, mein Platz!
Hier hast du ja mal im Sand gespielt, erinner dich nur! Hast Burgen gebaut und eine Stadt – wo blieb die Burg, wo blieb die Stadt? Der Sand ist verschneit.
Vorbei, vorbei!
Es kommt eine neue Zeit.
Ich setze mich auf eine Bank und schließe die Augen.
Wie still die Welt werden kann –
Und wie lautlos manches geht und kommt.
Zum Beispiel die Erinnerung –
Auch aus den fernsten Winkeln.
In den Bäumen tickt eine Uhr – schlaf nur nicht ein!
Ich gähne und gähne, als käm eine große Nacht. Ja, es wird Zeit, daß du umkehrst, sonst schließt man noch das Tor.
Ich schrecke zusammen – was dachtest du da? Was war das für ein komischer Satz?
Der hatte doch gar keinen Sinn? – –
Jetzt kommt der Schnee.
Der Wind treibt ihn mir ins Gesicht – es juckt und zwickt, als wärens lauter Ameisen.
Sie kriechen und bauen.
Es wird immer schärfer und kälter.
Und auf einmal, da find ich ihn wieder, meinen Satz, diesen komischen Satz von vorhin – jetzt kann ich ihn sogar auswendig:
Am Anfang einer jeder neuen Zeit stehen in der lautlosen Finsternis die Engel mit den erloschenen Augen und den feurigen Schwertern. Ob die Frau meines Hauptmanns den Brief zerriß?
Oder ob ihn einst jemand finden wird?

Andere Menschen – –
Geh heim, sonst schließt man noch dein Tor!
Laß nur, laß! Jetzt schlafen auch schon die Ameisen und die Kälte wird wärmer werden –
Es schneit, es schneit – wie in einem Märchenbuch.
Wo bin ich denn schon?
Das Zimmer ist dunkel, ich sitz auf dem Boden.
Die Fenster sind hoch, ich kann nur hinausschauen, wenn mich wer hebt.
Jaja, nach einem Krieg gibts oft keine Kohlen –
Ich werde den lieben Gott fragen, warum es Kriege geben muß.
»Es ist kalt«, das bleibt meine erste Erinnerung – – –

Die Nacht vergeht, langsam kommt wieder ein Tag.
Ich bin voll Schnee und rühre mich nicht.
Es kommt eine junge Frau mit einem kleinen Kind.
Das Kind erblickt mich zuerst, klatscht in die Hände und ruft: »Schau, Mutti! Ein Schneemann!«
Die Mutti schaut zu mir her, und ihre Augen werden groß.
Sie starrt mich entsetzt an und kreischt dann: »Um des Himmels willen!« Sie reißt das Kind mit sich weg und ich hör sie schreien: »Hilfe! Hilfe!«
Jetzt kommen die beiden wieder zurück, und noch einer ist dabei: ein Polizist.
Er bückt sich zu mir nieder und betrachtet mich aufmerksam.
»Ja«, meint er, »der ist allerdings erfroren. Damit ists vorbei« –
Die Mutter wagt nicht mehr herzuschauen, aber das Kind kann sich kaum von mir trennen. Immer wieder dreht es sich um und schaut mich mit seinen runden Augen neugierig an.
Schau nur, schau!
Es sitzt ein Schneemann auf der Bank, er ist ein Soldat.

Und du, du wirst größer werden und wirst den Soldaten nicht vergessen.
Oder?
Vergiß ihn nicht, vergiß ihn nicht!
Denn er gab seinen Arm für einen Dreck.
Und wenn du ganz groß sein wirst, dann wirds vielleicht andere Tage geben, und deine Kinder werden dir sagen: dieser Soldat war ja ein gemeiner Mörder – dann schimpf nicht auch auf mich.
Bedenk es doch: er wußt sich nicht anders zu helfen, er war eben ein Kind seiner Zeit.

Zeittafel

1901 Ödön von Horváth wird am 9. Dezember in Sušak (Fiume) geboren.
1902 Übersiedlung nach Belgrad und
1907 nach Budapest.
1909 Der Vater, im diplomatischen Dienst tätig, wird nach München versetzt. Ödön bleibt im Erzbischöflichen Internat in Budapest.
1913 folgt er seinen Eltern nach München.
1916 Übersiedlung nach Preßburg und
1918 wiederum nach Budapest.
1919 besucht er in Wien das Realgymnasium. Abitur und Übersiedlung nach München. Studium der Theaterwissenschaft.
1924 mehrwöchige Paris-Reise. Nach der Rückkehr faßt Horváth den Entschluß, sich in Berlin niederzulassen.
1926 wird »Das Buch der Tänze« in Osnabrück uraufgeführt.
1927 »Revolte auf Côte 3018« wird in Hamburg uraufgeführt. Neufassung unter dem Titel:
1929 »Die Bergbahn«. Uraufführung in Berlin. Das Haus Ullstein bietet ihm einen Vertrag, der ihm freie schriftstellerische Arbeit ermöglicht.
»Sladek der schwarze Reichswehrmann«, Uraufführung in Berlin.
1930 Spanienreise.
1931 »Italienische Nacht« wird in Leipzig uraufgeführt.
Horváth wird über eine Saalschlacht, die von den Nationalsozialisten in Murnau inszeniert worden war, als Zeuge vernommen und öffentlich heftig angegriffen.
Auf Vorschlag Carl Zuckmayers erhält Horváth – zusammen mit Erik Reger – den Kleistpreis.
Uraufführung von »Geschichten aus dem Wiener Wald« an Max Reinhardts Deutschem Theater in Berlin.
1932 »Kasimir und Karoline« wird in Leipzig uraufgeführt.
1933 Horváth verläßt Deutschland und reist über Salzburg und Wien nach Budapest, um die ungarische Staatsbürgerschaft zu behalten.
1934 Rückkehr nach Berlin; Filmarbeit.
Uraufführung von »Hin und Her« in Zürich.
1936 »Glaube Liebe Hoffnung« wird in Wien uraufgeführt.

1937 Uraufführung von »Figaro läßt sich scheiden« und »Ein Dorf ohne Männer«, beide in Prag.
»Jugend ohne Gott« erscheint im Allert-de-Lange-Verlag in Amsterdam und wird in acht verschiedene Sprachen übersetzt.

1938 Rückkehr nach Wien. Beginn der Emigration in Budapest; dann von Prag aus über Jugoslawien, Triest, Venedig, Mailand, Zürich, Amsterdam nach Paris.
1. Juni: Ödön von Horváth wird auf den Champs-Elysées durch einen stürzenden Baum getötet.

Ödön von Horváth im Suhrkamp Verlag

Gesammelte Werke. Herausgegeben von Traugott Krischke und Dieter Hildebrandt

Band I: Volksstücke, Schauspiele
Revolte auf Côte 3018
Die Bergbahn
Italienische Nacht
Geschichten aus dem Wiener Wald
Kasimir und Karoline
Glaube Liebe Hoffnung
Mord in der Mohrengasse
Sladek oder Die schwarze Armee
Sladek der schwarze Reichswehrmann
Der jüngste Tag
Don Juan kommt aus dem Krieg

Band II: Komödien
Zur schönen Aussicht
Rund um den Kongreß
Die Unbekannte aus der Seine
Hin und her
Himmelwärts
Mit dem Kopf durch die Wand
Figaro läßt sich scheiden
Ein Dorf ohne Männer
Sklavenball
Pompeji

Band III: Lyrik, Prosa, Romane
Das Buch der Tänze
Sportmärchen
Erzählungen und Skizzen
Der ewige Spießer
Jugend ohne Gott
Ein Kind unserer Zeit

Band IV: Entwürfe, Varianten, Exposés
Fragmente und Varianten
Theoretisches, Briefe, Verse

Werkausgabe in acht Bänden
Herausgegeben von Traugott Krischke
und Dieter Hildebrandt

(Textidentisch mit der vierbändigen Dünndruckausgabe, mit textlichen Korrekturen und Erweiterungen sowie einem Anhang mit Daten, bibliographischen Hinweisen und einem Werkregister.)

Ödön von Horváth – Ein Lesebuch
Herausgegeben von Traugott Krischke. 1976. 280 S. Ln.

Bibliothek Suhrkamp
Geschichten aus dem Wiener Wald, BS 247
Von Spießern, Kleinbürgern und Angestellten, BS 285
Kasimir und Karoline, BS 316
Glaube Liebe Hoffnung, BS 361
Italienische Nacht, BS 410
Don Juan kommt aus dem Krieg, BS 445
Sechsunddreißig Stunden, BS 630
Mord in der Mohrengasse/Revolte auf Côte 3018, BS 768

edition suhrkamp
Materialien zu Ödön von Horváth, es 436
Materialien zu »Geschichten aus dem Wiener Wald«, es 533
Über Ödön von Horváth, es 584
Materialien zu »Kasimir und Karoline«, es 611
Materialien zu »Glaube Liebe Hoffnung«, es 671

suhrkamp taschenbücher
Jugend ohne Gott. *Roman, st 17*
Ödön von Horváth. *Leben und Werk in Dokumenten und Bildern,* st 67
Ein Kind unserer Zeit. *Roman,* st 99
Der ewige Spießer. *Roman,* st 131
Sladek oder Die schwarze Armee. *Historie in drei Akten,* st 163
Die stille Revolution. *Kleine Prosa,* st 254
Geschichten aus dem Wiener Wald. *Ein Film von Maximilian Schell,* st 595
Der jüngste Tag. *Schauspiel,* st 715
Ein Lesebuch, st 742

st 719 Dolf Sternberger
Über den Tod
272 Seiten
»Die Schriften, die in diesem Band gesammelt erscheinen, sind literarisch von verschiedener Art. Von der akademischen Dissertation, die gerade vor fünfzig Jahren entstanden ist, über die drei Essays bis zu den ›Petites Perceptions‹, die dem höheren Lebensalter zugehören, sind sie jedoch durch die Einheit des Gegenstandes verbunden. Es ist ein Gegenstand, den wir nicht verstehen können.«

st 721 Stephan Stolze
Innenansicht
Eine bürgerliche Kindheit 1938–1945
Mit einem Vorwort von Sebastian Haffner
192 Seiten
Was Stolze aus seiner Jugendzeit während des Dritten Reiches erzählt, ist nichts Großes, nichts Außerordentliches; es sind die Wellen der geschichtlichen Ereignisse in einer mitteldeutschen Kleinstadt, die er notiert: das Verhalten der Eltern, wenn »Sicherungsverwahrte« im Garten arbeiten; das Geplauder des SS-Mannes am Teetisch; was geschieht und nicht geschieht, als er den Jungbannführer zu grüßen versäumt oder als im Lebensmittelladen eine Jüdin mit ansteht.

st 722 Ulrich Plenzdorf
Legende vom Glück ohne Ende
366 Seiten
»Eine unwahrscheinliche, ja sogar unglaubliche Geschichte. Und dabei eine ganz einfache Geschichte, mit stark ausgeprägten realistischen Zügen, die das Unwahrscheinliche als möglich erscheinen lassen und selbst das Unglaubliche glaubhaft machen.« *Deutschlandfunk*

st 724 Oscar Walter Cisek
Der Strom ohne Ende
Roman
388 Seiten
Cisek führt uns an die vielgeteilte Donau vor ihrer Mündung im Schwarzen Meer und macht die Natur einer noch nicht vom Menschen besiegten Landschaft zum Gegenstand einer durch und durch epischen Dichtung. Selbst die düstersten Leidenschaften bleiben eingebettet in das Wirken der Elemente, in den Kreislauf der Jahreszeiten.

st 725 Weniamin Kawerin
Das doppelte Porträt
Roman
Aus dem Russischen übersetzt und
mit einem Nachwort versehen von Wolfgang Kasack
240 Seiten
Das doppelte Porträt ist die Geschichte von zwei Wissenschaftlern im Jahre 1954, dem Nutznießer und dem Leidtragenden der Stalinzeit. »Was hier erzählt wird, mutet den Leser wie Gegenwart an. Wer sich um Verständnis der heutigen Sowjetunion bemüht, wird in diesem Buch einen Schlüssel finden, nicht den einzigen, aber einen wichtigen.« *Hessischer Rundfunk*

st 726 György Konrád/Iván Szelényi
Die Intelligenz auf dem Weg zur Klassenmacht
Übersetzt von Hans-Henning Paetzke
408 Seiten
Die Ungarn Konrád und Szelényi haben die zunehmende Bedeutung der Intelligenzschicht – oder -klasse – im »realen Sozialismus« zum Gegenstand einer detaillierten und empirisch fundierten Untersuchung gewählt. Schon immer war die Intelligenz eine Schicht, die aufgrund des bei ihr monopolisierten gesellschaftlichen Wissens im Bündnis mit anderen Macht ausübte.

st 729 Stanisław Lem
Mondnacht
Hör- und Fernsehspiele
Aus dem Polnischen übersetzt von Klaus Staemmler, Charlotte Eckert, Jutta Janke und I. Zimmermann-Göllheim

Phantastische Bibliothek Band 57
272 Seiten
»Lem hat die Gattung der Science-fiction neu abgesteckt und ihr literarische Hochflächen erobert, die auf dem Niveau des philosophischen Traktats liegen, zugleich aber spannend sind wie ein gelungener Kriminalroman.«
Frankfurter Rundschau

st 730 Herbert W. Franke
Schule für Übermenschen
Phantastische Bibliothek Band 58
160 Seiten
Wo liegen die physischen und psychischen Grenzen des Menschen? Sind seine evolutionären Kapazitäten erschöpft oder ist er einer Anpassung an jene besonderen Aufgaben fähig, die die lebensfremden Räume der Tiefsee und des Weltraums mit sich bringen? Das »Institute of Advanced Education« schult die Elite von morgen. Zu den Mitteln gehört körperlicher Drill ebenso wie ein erbarmungsloses Überlebenstraining.

st 731 Joseph Sheridan Le Fanu
Der besessene Baronet
und andere Geistergeschichten
Deutsch von Friedrich Polakovics
Mit einem Nachwort von Jörg Krichbaum
Phantastische Bibliothek Band 59
304 Seiten
Le Fanus Geistergeschichten zeichnen sich durch die Schärfe der psychologischen Beobachtung und den in ihnen zutage tretenden Konflikt zwischen Traum und Wirklichkeit aus.

st 732 Philip K. Dick
LSD-Astronauten
Deutsch von Anneliese Strauss
Phantastische Bibliothek Band 60
272 Seiten
»Ein wenig ist die Lust zur Lektüre von Science-fiction verwandt mit der Lust zur Lektüre von Horrorgeschichten. Offenbar besteht eine Bereitschaft, das, was an Angstphantasie die säkularisierte Menschheit bedrängt, in der

Form der Lektüre sich vorsagen zu lassen, sich einreden zu lassen. Mit therapeutischem Effekt?«

Helmut Heißenbüttel

st 733 Herbert Ehrenberg
Anke Fuchs
Sozialstaat und Freiheit
Von der Zukunft des Sozialstaats
468 Seiten
»Herbert Ehrenberg und Anke Fuchs gelingt es, manche Frage zu beantworten, manche Unstimmigkeit zu widerlegen, Klischees in Zweifel zu ziehen, die Richtung künftiger Reformen darzustellen und das Erfordernis einer eigenständigen Sozialpolitik zu begründen. ... Noch lange wird man mit Gewinn nach diesem Buch greifen können, um etwas über die einschlägigen Teilbereiche der Sozialpolitik nachzulesen.« *Deutschlandfunk*

st 759 Gerlind Reinshagen
Sonntagskinder. Theaterstück und Drehbuch
(zusammen mit Michael Verhoeven)
Mit zahlreichen Abbildungen
216 Seiten
Die halbwüchsige Elsie erleidet das unfaßbare Ereignis des Zweiten Weltkriegs aus dem begrenzten Blickwinkel ihrer Kindheit. In dem bürgerlichen Mittelstandsmilieu einer Apothekerfamilie lügen sich die Honoratioren der mittelgroßen mitteldeutschen Stadt an der Nazizeit vorbei.

st 782 Die besten Bücher
der »Bestenliste« des SWF-Literaturmagazins
empfohlen von Mitgliedern der Jury
Herausgegeben von Jürgen Lodemann
176 Seiten
Die besten Bücher: erstmalig ernstzunehmender Wegweiser durch den Herbstbücherwald des Jahres 1981. Siebenundzwanzig Literaturkritiker stellen die besten Bücher dieses Herbstes vor, und sie begründen ihre Wahl. Im Anhang: Sämtliche Listen seit 1975, die bisherigen Jury-Mitglieder, eine Dokumentation zur Entstehung und Methode der Bestenliste sowie der ›Preis des SWF-Literaturmagazins‹.

Alphabetisches Gesamtverzeichnis der suhrkamp taschenbücher